中公文庫

詩人の旅

増補新版

田村隆一

中央公論新社

目次

隠　岐……………………………………………………………………………11
メイ・ストーム、五月初旬に日本列島を襲う、あの爽やかな低気圧が東方洋上に去るのを待ちかねて、ぼくは特急「出雲」にとび乗った。

若　狭――小浜……………………………………………………………………33
ぼくの舌は、あの若狭の水の味をしっている。三十年まえに飲んだ水の味をおぼえている。

伊　那――飯田・川路温泉………………………………………………………57
木曽谷が陰とすると、伊那谷は陽だ。空気は透明で、夕闇がせまりつつあるのに、光があふれている。

北海道――釧路……………………………………………………………………83
晩秋初冬である。その早朝、ぼくらの乗っている船は、アメリカ航路の最短コースにあたる貿易港に近づきつつある。

奥　津……………………………………………109
一月五日。快晴。家内と午前十時十五分の「ひかり」で岡山にむかう。
鹿児島……………………………………………125
昭和五十年一月、東京午後六時二十五分発、博多行の特急「あさかぜ」。新幹線を利用しないところが、今回の旅の、ミソである。
越　前——越前町・三国町……………………151
「いいですか、越前のカニを食べに行くのですよ。だから、汽車弁はおろか、ビールなどもってのほかです」
越　後——新潟…………………………………169
「国境の長いトンネルを抜けると、雨だった」

佐　久——小海線……185
その日の正午、臼田駅で小海線を降りる。ひろびろとした広場。それでいて自動車も人も、まったくまばら。すでにぼくは佐久平に立っている。

東　京——浅草……209
ぼくの若い友人A君にさそわれて、生れてはじめて浅草神社の三社祭、一の宮、二の宮、三の宮の親神輿の宮出しと宮入りを見た。

京　都……231
帰りの食堂車のなかで、金色のウイスキーを飲みながら、京の庭と対極的にある、北米中西部の庭のなかにある町を思い出した。

沖　縄……237
沖縄の土を、ぼくは生れてはじめて踏んだ。地上最大の激戦地だった南部に背をむけて、ぼくらはホーバークラフトでエキスポ・ポートへ。

詩人の旅　増補新版

隠岐

メイ・ストーム、五月初旬に日本列島を襲う、あの爽やかな低気圧が東方洋上に去るのを待ちかねて、ぼくは特急「出雲」にとび乗った。東京発午後六時二十分。寝台車に乗るのも、じつにひさしぶりである。ぼくのベッドはてっぺんで、その下には、マリリン・モンローのような女性がやすむのではないかと、なかば期待していたが、松江に帰るという、人のよさそうな初老のおじさん。東京にあそびにきたら、雨と風ばかりで、ひどい目にあいました、と、ボーイがベッドをつくっているあいだ、ぼくにボソボソ語る。メイ・ストームは去ったが、車窓から眺められる京浜の空は、どんよりと雨雲が重い。ぼくは天井にちかいベッドによじのぼると、ひっくりかえって「島の旅」という旅のガイド・ブックに目をとおした。「利尻・礼文から与論島までロマンあふれる島への招待」というサブ・タイトルがついている。ぼくの行先は日本海の隠岐《おき》である。日本海を見るのもじつに久しい。二十八年ぶりである。十年まえに金沢へ行ったとき、チラッと見たが、あれは見たうちに入らない。昭和二十年の七月と八月の夏を、ぼくは若狭湾ですごした。海軍の陸戦隊にいて、午前中は山をあるいては陣地探し、午後は美しい日本海で泳いでばかりいた。米軍の艦載機がチームをつくっては、海上をたえず旋回しているので、日本の漁船は一隻も見あたらない。砂浜にも人影はなく、ぼくは松林のなかで寝そべりながら、紺碧《こんぺき》の海と空をぼんやりと眺めていたのだ。以来、日本海を見ていない。だから、「日本海」という言葉を聞いただけで、ぼくは、ぼくの青春と日本の終末を同時に追体験するのである。

では、「隠岐」はどこにあるのか？　ガイド・ブックは語る――

「島根半島の北方44～80キロの日本海上に浮かぶ文字通りの『沖ノ島』で、島後《どうご》と、島前《どうぜん》の西ノ島、中ノ島、知夫里《ちぶり》島の四つの大きな島と一八〇余の小島からなる群島で、隠岐《おき》という名の島は存在しない。島前、島後とは、本土に近い方が前、遠い方が後ということは容易にわかるが、島をドウと読ませるのに抵抗を感ずる。古文書によると十五世紀末頃までは道前・道後と書かれていたものが、十六世紀に入るとそれが島前・島後となり読みだけがそのまま伝えられたのである。」

なるほど、「隠岐」という島は存在しないのか。「存在しない島」へこれから行こうというのだから、きわめて詩的である。ガイド・ブックをパラパラめくっているうちに、沼津をすぎた。九時ちかくなったので、天井桟敷からおりて食堂車にむかう。もう、この時間になるとがらあきで、車窓の夜景をさかなにウイスキーを飲みはじめる。十時半が看板だというから、ウイスキーを飲むのには手ごろな時間である。酔いがまわってくるにつれて、車窓から飛び去って行く、この東海道の夜景が一種異様なものに見えてくる。まさに光の洪水なのだが、それは民家の生活の灯ではなくて、大工場のイルミネーションと、その大工場を縫って疾走する自動車の赤いテール・ランプなのだ。まるで、近代的な大工場の構内を、列車が走っているといっても過言ではない。極東の小さな島の太平洋岸は、一本の工場ベルトと化して、ひたすらGNPの数値を目指して光をばらまいているのだ。ぼくは反射的に五年まえに通過したアメリカ大陸横断鉄道の車窓から見た夜景を思い出した。満天の星と黒い大地。ときおり一群の光に出会ったが、それはまぎれもなく生活の光であり、コミュニティの光であった。だが、この東海道には、巨大な工場の光のイルミネーションにさえぎられて、人間の生活の光は見えない。蒲郡あたりで、食堂車は閉店、ぼくは旅愁なき旅愁と別れをつげて、ふたたび天井桟敷にはいあがる。

＊

夜明け、すでに鳥取をすぎて、大山《だいせん》の姿がはるかに見えてくる。快晴。夜中に京都を通過して、山陰道に入ったら、低気圧の名残りの雲がきれたのだ。自分の「オテンキ男」ぶりに、われながら驚く。天気予報では、二、三日、日本列島はぐずつくと言っていたのに。これまでにいろいろと旅行したが、雨や風にあったためしがない。外国旅行も二度ばかり経験したが、その都度、天気晴朗なのである。旅行で快晴にめぐまれたかったら、ぼくを連れて行くといい。洗顔して、喫煙室で煙草を吸っていたら、六十歳ぐらいの紳士がやってきて、話しかける。

「どちらまで」

「米子でおりるのですが、そこから隠岐へわたります」

「それはなによりで。わたしも何度か行ったが美しい島ですよ。船がちょっとゆれますがね。ま、沖に白波が立っていないようだから、港を出て、岬の鼻をまがったあたりでゆれるくらいでしょう。ああ、帰りは飛行機で、それは結構、正味十五分も乗れば米子についてしまいますからな、ただ、島後の空港は離陸距離が短いから、失速でもすると、海にそのまま突っこんでしまいますな」

「事故はよくあるんですか」

「いいや、ただのいっぺんも」

紳士の襟もとのマークを見ると、菊がついている。市会議員か県会さんなのかもしれない。

「ほら、あの煙突、あれが日本パルプの煙突でね、あれと大山が、ま、米子のシンボルですよ」

ぼくは礼を言って、あわてて自分の寝台にもどると、小さな黄色いオンボロ・バッグをもって、列車からとびおりた。午前七時四分。隠岐行の船が出る境港行の電車が出るまで、三十分ほどあるので、米子の駅の構内をブラブラする。立ち喰いの米子そばがあったので、一杯。百円。美味。ローカル線特有の、のんびりした電車がホームに入ってきたので、そいつに乗りこむ。通勤通学電車で、またたくまに、高校生でいっぱいになる。小さな駅を五つばかり通過して、終点「境港」。いかにも江戸時代からの港町らしく、おちついた雰囲気。駅から十分ばかりブラブラ歩いて行くと、汽船の乗場があって、そこでコーヒー一杯。二人のウエイトレスはいずれも美人。山陰は美人が多いと聞いていたが、ほんとうだ。出雲の神さまの子孫のせいか。たしか司葉子も、この地方の名家の出身と聞いている。さいさきよし。時間がきたので、船に乗りこむ。隠岐汽船の「しまじ丸」（九六一トン）、白い船体のスマートな船。四人部屋の特一等というのをはずんだが、相客は、新建材とアルミサッシを島に売りこみに行くという青年ひとり。午前九時、定刻にドラがなり、どういうわけか、船出の音楽に、予科練の歌をやりはじめる。「若い血潮の予科練の……」という、あれである。面喰うこと、はなはだしい。青年の会社は米子で、島には月に一度商売に行くというので、米子の景気や島の模様を聞く。窓から青い海と大山がくっきりと見え、沖合に出たころから、ゆれてくる。そのゆれも、まことに快適で、おなかが減って、しかも同時にねむくなるというゆれ。青年がかるいいびきをかき出したので、ぼくもねむってしまう。小一時間、あるいはもっとか、眼がさめて船窓から外をのぞくと、海ばかり。甲板に出ると、陽は頭上。大山ははるか彼方にかすみ、前方に緑の島影が見えてくる。島、ぼくの肉眼にはあくまでも美しい緑の島島なのだが、愛用のガイド・ブックは、つぎのようにささやく――

「日本内地の火山より古い第3紀にできた火山島で、その系統も隠岐――竹島――鬱陵島《ウルルン》と、大陸系の白頭火山《ペクト》につながり、何回となく噴出した溶岩が重なりあう複雑な構造。海岸の80パーセントは断崖でそれがまた日本海の激浪を受けて浸食され、バラエティーに富んだ風景美をつくりだしている。」

そして、発掘された土器から推定すると、ぼくらの祖先がこの島で生活しはじめたのは、なんと縄文初期四千年以前。そして八世紀初頭、聖武天皇の神亀元年（七二四）に、緑の島々は遠流《おんる》の地と定められ、万葉の大詩人柿本人麿の子躬都良麿《みつらまろ》が流人第一号、以下時代別に貴人の名前を列挙する――藤原刷雄、船親王、藤原朝臣田麿、深草王、酒井常小勝、小野篁、伴健岑、伴宿禰中庸、源義親、佐々木広綱、橘兼仲、文覚上人、左中将備中権守源雅清。天皇では、むろん、後鳥羽院、後醍醐天皇。徳川期では、プレイ・ボーイの飛鳥井少将雅賢、日御碕検校尊俊など（横山弥四郎著『隠岐の流人』）。むつかしい名前ばかりで、舌をかみそうだ。流人の島といっても、これじゃまるで日本文化の粋の輸入国ではないか。この貴人たちがばらまいた子種が、千年以上にわたって培養され、温存されてきたのだから、島には美人がウジャウジャしていること間違いなし。おお　ロマンの花よ　咲け！　まさか大声で叫ぶわけにいかないから、胸のなかで、ソッとつぶやいた。

＊

島、西ノ島、島前の三つの島のなかで一番大きな島に、正午、到着。ちょうど三時間。手前の知夫里島によって、（といっても港がないから、伝馬船にエンジンをつけたような海上トラックが、島とわが「しまじ丸」のなかをとりもって、お客と郵便物などをおろしたり、あげたりする）西ノ島の最大のハーバー、浦郷《うらごう》に上陸。旅館の番頭さんやタクシーの運転手さんが、ぼくらを待ちかまえている。客が百人ほど降りた。団体さんがかなりいる。波止場には、漁業組合の大きな倉庫があって、その近くに漁船が何隻ももやってある。イカと鯛が、かれらの獲物なのだ。ぼくはブラブラ歩くことにする。とにかく、昼めしを食わなくちゃ。お土産物屋、都会風喫茶店、食堂がならんでいる。「みなと食堂」ときたぞ。ぼくは西伊豆の小さな漁港を思い出した。しかし、ひものの匂いはいっこうにしない。風はさわやか。まるで五月のワイキキの裏どおりみたいだ。海の男（水夫や漁師）たちがあちこちにたむろして、白い歯をむきだして談笑している。青年はハンサム。すぐ町のメイン・ストリートに出る。だって町役場があって、郵便局があって、床屋があるもの。どこでお昼をとろうか？　こんなことを考えながら、見知らぬ小さな町を歩いているのがいちばん愉しい。食堂が何軒もあるが、ひっそりしている。サカナはうまいにきまっている。おっと警察だ。ぼくはお巡りさんにどこがいいか、相談してみた。だって、警察の入口に大きなポスターがあって、それには、「密入国者を発見したら至急届けてください！　見知らぬ人、挙動不審の人には特に注意！」とあるんだもの。「さあてね、どこだっておなじようなもんだけど、そうだ、つい十日ばかりまえに寿司屋が開店したから、行ってごらんなさいよ」

警察から五〇〇メートルほどひっかえして、メイン・ストリートのはずれにくると、村のデパートのとなりに、新しいのれん。主人は二十五、六の青年。鯛、イカ、アワビ、アカガイ、エビ、それにお酒二本。ノリ巻。それで千円。アカガイとエビさえ食べなけりゃ、もっと安いんですよ、お客さん、鯛とイカとアワビはただみたいなもんですもの、なにせ、アカガイとエビは、本土からの輸入品ですからね、——ときたよ。ほろ酔い気分で床屋（断じてバーバー・ショップではない）に入った。三カ月ばかり不精して行かなかったから、乞食の頭だ。店には椅子が一脚、六十近い、いかにも律儀そうな主人がただ一人。お稲荷さんがまつってある。床屋さんとお稲荷さんとは、また奇なるコンビネーションである。「関東軍の砲兵でしてね、昭和十二年から終戦まで、まるまる八年ご奉公しましたよ、敗けたことは、ただのいっぺんだってなかったから、終戦ときいて、それこそ狐につままれたようなもので。ええ、おかげさまで、カスリ傷一つ受けませんでした。戦友は何人もなくしましたがね、へえ、わざわざ東京から、それはそれは、じゃ今晩どうです、家へあそびにおいでになりませんか、おひとりじゃ淋しいでしょうからね、戦地の話やこの島の話なら、たくさんありますよ」。勘定を払うとき、主人はぼくの手を握ってはなさない。

タクシーに乗った。高倉健のような運転手さん。さいきん大阪からひきあげてきたそうだ。島を見せてください、観光客があまり知らないようなとっておきをね。高倉健はにっこり笑うと、じゃ「農道」だと言って、アクセルをふむ。車は浦郷の港ぞいにカーブをえがきながら走って行くうちに、山道、といっても完全舗装のハイウェイをいっきにのぼって行く。みるみるうちに漁港が眼下に沈む。と、ものの十五分もしないうちに、ハイウェイから左にそれて「農道」に入る。と、木柵があって健さんは車からおりると、それを左右にひらき、そのまま車は直進。左右は灌木林で、キジ鳩がバタバタと何羽もとび出す。やがてゆるやかな丘陵となって、視界は一気にひらける。島前、島後の島々がまるでパノラマのように展開。丘は一面のクローバー。赤牛が何頭も、おそらく百頭ではきくまい、母親を中心に、仔牛のむれが、ちいさなグループをつくって、そこここに点在している。ぼくらの車にはまったく無関心。ぼくは北軽井沢の牧場を思い出した。十年まえに、詩人の飯島耕一と二人で、赤牛に追いかけられて、われさきにと一目散に逃げ出したことがあった。タムラさんの足があんなに早いとは知らなかったナ、と、いまでもフランス文学者はうらめしげに呟く。だが、この島の赤牛はまったくのんびりしている。健さんに写真をとってもらったり煙草を吸ったりしてから、この島のメダマ商品である「国賀海岸《くにが》」へ。

　国賀海岸まで、これもハイウエイ。途中、放牧してある赤牛に何頭も出会う。車が赤牛嬢をしずかによけて走るといった感じ。お嬢さん、あるいはミセスはふりむきもしない。ハイウエイの両側はクローバーがびっしり。たちまち国賀海岸の突端に出る。日本海の紺碧を背景に、摩天崖の頭がそびえ立っている。「あれは二六七メートルの絶壁なんですよ、海から見あげたら、それこそ天下の奇観です。こいつを見るために、わざわざお客さんが船にゆられて、本土からやってくるといったって、オーバーじゃありませんよ。観光船は、浦郷の港へ出て、島のいちばん狭いところを通って外洋に出るんですよ、大正五年にこの船引運河ができたって話ですがね。すごい断崖と洞門がたくさんあって、そいつが七キロつづいているんですからね。なかでも、この壁摩天崖が親分ですよ。今日ぐらいの波だったら、船は洞門のなかまで入りますよ、岩の天井からおちてくる水を口で受けて飲んだら、百年寿命がのびるって言いますから、お客さん、明日にでもぜひ、船に乗ってごらんなさいな」と健ちゃん。

＊

　その夜は、浦郷を見下ろす高台にある国民宿舎「国賀荘」に一泊。サザエとイカの刺身、カレイをサカナに、ビールを一本飲んだだけで、九時には就寝。定員三百人のスマートなホテルだが、お客さんは二十名たらず、浴室もひろびろとして、すごく気持がいい。さすがに疲れた。床屋さんの家へ遊びに行くのも忘れちゃった。

＊

翌朝、部屋の窓から見る漁港はすばらしい。駆逐艦クラスの海上自衛艦が一隻、ゆっくりと入ってくる。食堂ではご飯をモリモリ食べる。ワカメのおみおつけ、まさしく絶品。お勘定、ビール一本入れて千八百円。申し訳ない感じ。食堂のテーブルで仲良くなった予備校生と、バスで別府港へ出ることにする。島を縦断するようなコースをとって港に着くと、中ノ島は、ほんの眼と鼻のさき。本土に帰る青年とそこで別れて、ぼくは海上バス。十五分で中ノ島の菱浦港に入る。美しい静かな港。浦郷が活気にみちみちた男くさい港とすると、菱浦はきわめて女性的な上品な港である。それに観光の団体さんがウロウロしていないし、土産物屋もないのだからセイセイする。静かな入江。ラフカディオ・ハーン（小泉八雲）が、明治の御代に、この島に一週間も滞在して、この美しい入江をポート・オブ・ミラー（鏡ヶ浦）と名づけたという。きっとハーンは故郷の入江を思い出したのにちがいない。島前の三つの島は、数百万年の昔、はげしい火成活動によって、火山体の中心部が陥没してできたもので、内海は、その陥没部分であり、また大きなカルデラでもある。濃紺とエメラルド・グリーンの配色の美しさは、ワイキキの浜辺など、足もとにもおよばない。ハワイへ行くくらいなら、中ノ島（海士町《あま》）へおいで。べつにぼくはナショナリストじゃないけど、島前の内海を見ていると、どうしたって、そんな台詞《せりふ》が言いたくなるのだ。小さな波止場をブラブラすると、立派な楠に出あう。そして、そのそばに、明治期のものとおもわれるモダーンな洋風木造の郵便局がしずかに建っている。その様式の美しさは、ぼくの心を、ある時代の文化の高さへと誘《いざな》ってやまない。のんびりしていて、ゆたかで、簡素で、上品で、活動的で、いろいろな形容詞をくみあわせてみても、うまく表現できない。つまり、現代日本の殺風景な都市文明の対極にあるものである。小さな町だから、島の「五番街《フィフス・アベニュー》」は一目でわかる。ブラブラ歩いて行くと、古風なつくりの旅館のまえに出た。案内を乞うと、品のいい内儀が出てきたので、一泊をおねがいする。「静かな部屋を」と、つい口ぐせで言うと、内儀は一瞬けげんな顔をした。そりゃあそうだろう、どこだって静かなんだから。二階の八畳間に通される。室内の調度も、一時代まえのもので、脇息《きょうそく》まである。脇息といったって、ヤングにはわかるまいから、説明しておく。「坐ったとき、脇においてひじをかけ、からだをもたせかけるための道具」と、ぼくの卓上辞典にある。テレビの時代劇によく出てくるでしょう、ほら、あれさ。額には、子爵一条実孝の「佳気満堂」という書。昭和十四年三月一日、後鳥羽天皇を祭神とする隠岐神社が七百年祭を期して造営されたおり、一条子爵が、ぼくの部屋にお泊りになって、この書をおかきになったと、内儀は言う。五十年配の美しい婦人で、息子さんが三人、いずれも、本土の大学や会社に行っている、と笑顔で語る。いいなあ、こんな美しい島が故郷だなんて。ぼくは三人の息子さんをシットしたね。島の中を見たいのだが、タクシーをおねがいします。ものの十分もしないうちに、タクシーのお迎え。三十七、八のハンサムな運転手。とにかく島の中が見たいんです。二時間ばかり走ってください。ハイッ、ハイッ、いちいち、運転手さんは、きびきびと返事してくれる。

＊

では、ご案内します。タクシーは、島の「五番街」（バー兼喫茶店がたった一軒しかない）を走りぬけると、小さな入江を渡って、「丸の内」に。そこには町役場、隠岐神社、電電公社の支所などがある。この島の中枢部。ここはあとでゆっくりと見ていただきますから、これから金光寺山へ行きます。道は極めて良好。やがて小高い山の上へ。小さな、ひなびたお堂があって、これが金光寺。ぼくが、コンコージと発音したら、キンコージだと訂正された。九世紀の昔、承和四年（八三七）、参議小野《おのの》篁《たかむら》はこの金光寺山のふもとにある豊田という里に配流された。理由は、遣唐副使を命ぜられて、途中暴風のために引き返し、正使藤原常嗣と船のことで争い、乗船を拒んだうえ、西道謡という詩を作って遣唐使制度を風刺したためと言われている。

わたの原八十島かけてこぎいでぬと人にはつげよあまのつり舟

彼が海士《あま》（中ノ島）へ渡る日のあまりにも有名な歌。

金光寺山からの眺めはすばらしい。小野篁が住んでいた豊田の集落は、すぐ眼下に。小さな漁港をいだいたこの里は、しーんとしずまりかえっている。とても金持ちの村でしてね、杉山はもっているし、漁でかせぐし、夏なんか、旦那、下宿なさるといいですよ。篁が、一日も早く帰京できるように、この山にあった六社権現《ごんげん》に百日の祈願をしたんです、じゃ、明屋《あけや》海岸へ行ってみましょう。車は山をくだって、美しい海岸へ。砂はなく、まっ白な小粒の石が波うちぎわをみたしている。エメラルド・グリーン。そして断崖の色は、ダーク・レッド。そして沖あいには黒い岩礁が点在する。青い空。赤い崖、白い小粒の石、ここは、アワビの宝庫なんですよ、それに海藻。夏場にはキャンプ場になるんです。本土から学生さんたちがたくさんやってきましてね、だけど、行儀があんまりよくないんですよ。学問があるのに、ほんとに不思議でならない。ハイウエイには、コーラのビンを投げすてるし、男と女がハダカで町のなかをさわぎまわるし。いったい、いまの大学はなにを教えてんですかね。海岸には、野アザミが密生している。旦那、スカイ・ラインを走りますよ。ええ、便所ならそこです。車は中ノ島スカイ・ラインへ。延長五・六キロ。山腹をめぐり、尾根をのぼり、眼下にひらける内海の景観は、まるでシネラマだ。青く光るカルデラ。それを抱く島前の島々。島の南端、「崎」に到着。

この小さな漁港は、承久三年（一二二一）、時の鎌倉幕府の執権北条義時のため、後鳥羽院は隠岐へ流され、美保関から八月五日、この「崎」の港にお着きになったという。上陸第一歩の地。小さな港には、数隻のイカ船がもやってあるだけで、人影はまったくない。その第一夜を、後鳥羽院はこの集落の氏神社美保神社で明かされたというが、そのときの御製、

命あれば茅か軒端の月もみつ知れぬは人の行末の空

この神社から、伯耆大山の雄大な姿が、はるか彼方に見える。むろん、本日も快晴。

後鳥羽院は、歴代の天皇のなかでも、もっとも異色の人物である。多能多芸、百科全書的偉人。新古今を代表する大歌人。蹴鞠《けまり》、管弦、囲碁、双六の名手、歴史家、そ

して武芸百般、相撲、水泳、競馬、流鏑馬《やぶさめ》、犬追物《いぬおうもの》、笠懸《かさかけ》、それに刀剣。また政治的人物であって、鎌倉幕府打倒に燃えて、義時に挑戦した天皇。車は、いくつもの美しい集落をすぎて、この偉大な天皇の行在所へ。四十一歳から六十歳でおなくなりになるまですごされた行在所のあとへ。行在所跡は、水田をまえにひかえ（運転手さんが子どものころは入江だったという）松の古木、左手には槙《まき》（樹齢七百年の名木）、そして杉木立にかこまれている。その途中、左側に、御火葬塚がある。一二三九年、つまり延応元年二月二十二日におかくれになったおり、御遺灰は、この山陵に埋葬され、御遺骨は、北面の武士藤原能茂によって大原の法華堂に納められたという。

行在所跡は、見たところ百坪ほど、ぼくがずいぶん質素なもんだね、百坪くらいしかないじゃないの、と運転手さんに言うと、旦那、百坪なんてあるもんですか、五十坪くらいですよ。おいおい、ぼくの鎌倉の借地は四十四坪なんだよ、ぼくがその目で、はかったんだから間違いないさ。じゃ、はかってみましょう。運転手さんは、足ではかりはじめた。一歩間隔を一メートルとして、ここが二十三歩だから、ええと、あ、やっぱり、百坪だ。百坪って、ずいぶん、狭いもんですね。

これより、隠岐神社を参拝。境内は一万七千坪。桜（たぶん吉野であろう）が二百本。春は美しいだろうな。宮内庁の管理というだけあって、すがすがしい雰囲気。ぼくは大詩人の霊に心から祈願した。健康と仕事を。そして、偉大な天皇の御霊のご冥福を。

その夜は、お酒を四、五本、料理は食べきれないほど。内儀が相手をしてくださる。この島の人は、とても長生きなんですよ、つい、数年まえまで、百四歳のおばあさんがおいでで、しかも亡くなる前日まで、市場へひとりで買い物に来ていたほどですからね。それに、この島のみなさん、たいへんな働き者。十五ある集落がお金持ちで、七月一日から十五日まで、集落が一日ごとにお祭をやるものですから、この十五日間だけは、島中、お祭になってしまうんですよ。

＊

その夜は熟睡。七百年の槙と二百本の桜の霊が、ぼくを安らかに眠らせてくれたのだろう。

＊

第三日、その朝も快晴。船で島後に渡る。約一時間。二等船室（三百円）。日曜日なので、子ども連れの島前の人たちが、島後へあそびに行くのだ。だから、二等船室は、まるで小学校の運動会のような、にぎにぎしく、たのしい雰囲気。Gパンスタイルのヤングの一人旅も目立つ。

船は隠岐最大の港、西郷に到着。れいによって、黄色いオンボロ・バッグを片手に町をうろつく。島根県隠岐支庁をはじめ、銀行、公社などがあるから、ちょっとした「シティ」である。パチンコ屋、ヌード小屋、バー、小料理屋、喫茶店、レストランなど、波止場のまえに、ズラッとならんでいる。ヤングが、オートバイで、けたたましい音をあげて走りぬける。それに観光色一色。ヤレヤレ。のどがかわいたので、喫茶店を二、三軒のぞいたが、どこにもビールがない。この島では、ビールは「アルコール」なのだ。島後は、島前の三つの島をあわせたより、もっと大きい。本屋、酒屋、土産物屋、歯科医院、大衆食堂、それに九階建ての超近代的なホテルと古風な旅館。ぼくは三階建てのレストランに入った。客はだれもいない。マダムが一人、ぽつんと椅子に坐っている。べっぴん！　三十五、六か。往年のアメリカの名女優マーナー・ロイに感じが似ている。マーナー・ロイといったって、いまのヤングにゃわかるまい。ザマーミロ（多少、ぼくヤケ気味）。ビールだけ飲みたいんだけど。どうぞ。窓から港が一望。西郷から本土の七類まで、二時間あまりで疾走するという、いま流行のカーフェリー「国賀丸」（二〇〇〇トン）が入港してくる。それに大小とりどりの船。自衛艦までいるぞ。十二時に島の観光バスが出ると、マーナー・ロイが教えてくれたので、それに乗ることにする。観光バスの発着所に行くまえに帰りの飛行機の切符をキャンセルする。せっかく島まできたんだもの船で日本海を渡りたいや。

レストランの時計、バスの時計、みんなマチマチ。がんらい、この島には、時計なんか必要ないのかもしれないな。観光バス、出発。満席。コースは西郷から島の中央部を北上して北端の中村港へ。それより船で、白島《しらしま》を見物、そして島の東海岸沿いを西郷まで帰ってくる。バス二時間、船二時間。料金は千三百円ほど。バスのガイドさんは美声。アルト。これもべっぴん。感じきわめてよし。ぼくは隠岐の娘のファンになったよ。野辺きみえさん。名前までおぼえました。まず、国分寺へ。後鳥羽院より、やく百年おくれて、島後に流された後醍醐天皇の行在所跡。建武中興の祖。天皇は一年にして島を脱出。ドラマチックだぞ。この行在所跡も百坪ほどのもの。当時は、建物のパターンが、いまのプレハブ住宅のスタンダード版みたいにきまっていたのかもしれない。それから、水若酢《みずわかす》神社。境内には樹齢七百年の老松あり。社殿は、純隠岐造りの古社。合掌づくりの屋根に特徴あり。水若酢命は、海の神さま。お札をいただく。神官は、品のいい、野球の水原監督にそっくり。ひょっとしたら、親類かもしれんぞ。それより、山を越え、北端の中村港へ。途中、ガイドの野辺嬢は、民話や民謡をご披露してくれる。アルト、ますますよし。中村は小さな港。一〇〇トンほどの観光船がぼくらを待ちかまえている。船は洋上に出て、アルカリ石英粗面岩でできている美しい白島へ。船は、ゆっくりと白島のまわりをまわる。西ノ島の国賀の岩壁が男性的だとすると、この、島後の岩島は女性的なデリカシーをもっている。船はUターンして、島後の東海岸へ。途中、磯釣りの良場多数あり、とくに奇岩が多数散在する浄土ヶ浦は、ギリシャの多島海を思わせる。魚は、マダイ、イシダイ、スズキ、クロ、チヌ、イサキ、キス、メバル、カサゴ、ブリ、島の娘がべっぴん揃いだと思っていたら、魚までべっぴん揃いだ。だれか、ぼくを隠岐に流してくれないかな。小さなプレハブでもたてて、蹴鞠でもして、夜は島の娘さんを相手に、イカ、アワビ、ワカメをサカナに地酒を飲みながら、現代の悲歌でも書きとばして、余生を安楽に送りたいものだ。そんな空想をしているうちに、黒島灯台をすぎて、ふたたび、モダーンな「シティ」へ。またレストランの三階へはいあがって行ったら、マーナー・ロイがひとりだけ、ポツンと椅子に坐っている。そこで、ビール。ミセス・ロイは、一度も本土へ行ったことがないと言う。この島にいるだけで充分なんです。のんびりしていて、食べものは豊富で安いんですもの。だから、「観光」は、あたしたち、あんまり有難くない。このごろじゃ、ゴルフ場やボウリング場までできているんですよ。テレビの影響でしょうか。それにオートバイがうるさいし。

宿は、明治以来の旅籠屋。だれが、この美しい島までやってきて、「ホテル」なんかに泊るものか。素朴な老女が、ぼくの係り。風呂よし。ビール一本、酒、地酒五、六本、タイ刺し、イカ、サザエ、アワビ。あんまさんをたのんだが、予約でいっぱい。隠岐最後の夜は、十時就寝。ヤングのオートバイの音も、夜とともに消滅して、港内の漁船から、漁師さんたちが酒を飲みながら合唱する「黒田節」が流れてくる。おやすみ、島の娘、槙の木、桜、魚たち。

翌朝、第四日目の朝、快晴。八時、「おきじ丸」で、海路、境港へ。出航のとき、見送り人がしきりにテープをなげる。「蛍の光」流れる。まるで、横浜からアメリカへ渡るような風景。ぼくも、サンフランシスコへ行くような気分になる。「本土へ」本土へか、ぼくは胸のなかで呟く。ぼくたちの「本土」は、ほんとうの本土、美しい日本文化の本土は、むしろ、「存在しない島」、隠岐の四つの島のなかにこそ、あるのではないか。

四面、波しずか。まったく、ゆれなし。

若狭——小浜

家の小さな庭に梨の木がある。白い花がほころび出したら、ひとりの「青年」がフラッとやってきた。ぼくは三日酔いで、ベッドにダウンしていると、「青年」はぼくの枕頭に坐って、雑談をはじめた。ぼくは、冷たいタオルを額にのせたまま、フンフンと鼻であいづちを打ちながら聞いている。飲みのこしのウイスキーがあったから、「青年」にすすめ、鎌倉の苦い水ばかり飲んでいた「病人」も、いつのまにかウイスキーを飲み出して、すこし元気が出てきた。すなわち、悪い徴候である。

「きみの生れはどこなの?」

「福井ですよ」

「ああ、カニのおいしいところね。家内の父方も母方も福井でね、福井人の通ったあとには草も生えないっていうから、こりゃあ、用心しなくちゃいけない」

「ええ、せいぜい用心してくださいよ」「青年」の目はいつも静かにほほえんでいる。

「でも、福井といったって、ぼくは若狭《わかさ》の生れですから、越前とは気風も環境もずいぶんちがうんです」

「じゃ、越前海岸じゃなくて、若狭湾で育ったというわけか」

「そうです。小浜《おばま》のちかくですよ」

「そうか、ぼくは昭和二十年の敗戦を若狭湾で迎えたんだよ、なつかしいね」

「ちょうどぼくは小学校の五年生でした」

「おい、ちょっと待ってくれよ、きみ」ぼくは冷たいタオルをオデコからむしりとると、ガバッとベッドから身をおこした。

「じゃ、いくつなんだ、きみは」

「もうじき四十です」

どう見たって二十六、七、うんと張りこんで二十九歳。「青年」はしずかに微笑したまま、ウイスキーを飲んでいる。

「きみは化けもんだよ」

「みんなから、よくそう言われます。アメリカへ行ったときも、いちいちパスポートを見せないと、酒にありつけませんでしたからね」

「きっと、ハイスクールの生徒だと思われたんだよ」なかばあきれ、なかば嫉妬しながら、ぼくは毒づいてやった。ウイスキーがきいてきたらしい。いつのまにか、ぼくはパジャマの両袖をまくりあげている。

「どうしてそんなに、いつまでも若いんだ？」

「どうしてって、きっと節制しているからじゃないでしょうか」

三日酔いの聖なる「病人」に、「青年」は耳の痛いことを、ヌケヌケと言う。

「それに」彼はオンザロックを一口飲むと言葉をつづけた。「若狭の水がよかったのかもしれません」

そう、若狭は水のいいところである。ぼくの舌は、あの若狭の水の味をしっている。三十年まえに飲んだ水の味をおぼえている。あんなにおいしい水を、ぼくは生れてから飲んだことはなかった。

「よし、水を飲みに行こうよ、若狭へ」

「いいですね、ぼくもひさしぶりです」

＊

梨の花が散った。ぼくらは「ひかり」のビュッフェに坐っている。四月のおわりから五月の大連休へとつづく直前に、ちょうど嵐のくるまえの静けさに似た空白がある。

ぼくらは、その空白に狙《ねら》いをつけて、岡山行の新幹線にとびのった。

「若狭の水を味わうためには、それだけの準備体操を要する」

「はあ?」

「つまりだ、まずウイスキーで、身心をもみほぐしておくのさ」

「いいでしょう、スコッチのオンザロック二杯」

午前十時三十分。

昨日、関東地方を襲った春の低気圧は、東方海上にぬけて、京浜の空はぬけるように青い。

「ぼくはお天気男でね。旅に出ると、かならず快晴つづきなのさ。太平洋を二回、インド洋とアラビア海を一度往復したことがあるけど、前日、どんなに荒れ模様だって、ぼくが旅立つとなると、不思議なことに、四海、波おだやかなのだ。快適に旅行がしたかったら、辞を低くして、ぼくの同行を願わなくちゃならん。いつでも、どこへでもぼくは飛んで行くからね、きみも知り合いにPRしておいてくれたまえ」

「タムラさん、そんなに威張ることはないですよ。ぼくだってお天気男なんです。仕事で旅行はよくしますけど、いつも、うららかなものですよ」

そりゃあそうだろう、ツヤツヤした万年青年が雨男であるはずはない。

「よしゃ、お天気男が二人そろったんだ、じゃ、乾杯！」

ぼくらはウイスキー体操にかかる。沼津、富士がよく見える。どうだ、雲一つないぞ。いい山だ。いつ見ても気持がいい。正直なところ、日本が世界に誇れるものといったら、進歩的文化人が眉をひそめる「フジヤマ、サクラ、ゲイシャガール」の三つしかないと、ぼくは心底から思っている。戦後の日本は、そのうち、二つを失いつつある。まず、人間にガタがきて、「ゲイシャガール」が消滅した。つまり、「ゲイシャガール」を生み出す文化を失った。「粋《いき》」が滅びて、「野暮《やぼ》」が戦後民主主義の原理となった。むろん、「ゲイシャガール」はいることはいる。しかし、中身は、ＯＬやホステスである。「ゲイシャガール」に化けているにすぎない。もっと意地悪くいうなら、ホステスになれないから、仕方がなしに「ゲイシャガール」になっているのである。この間の事情は、「教師」に似ている。「ゲイシャガール」は聖職ではなくなって、「労働者」に成り上がったのだ。「サクラ」も危ない。「サクラ」は元来、弱い木である。百年ともたないのだ。戦争と、それにつづく荒廃によって、東京の旧市内の「サクラ」は全滅に近い。向島、飛鳥《あすか》山、上野、江戸以来の「サクラ」の名所は、色あせて、絶命寸前である。若木よ、育て！「サクラ」を観《み》に、いまではワシントンまで行かなくてはならぬ。

「オンザロック、もう一杯」

「青年」がウエイトレスに声をかける。静岡をすぎる。

「あとに残ったのは、『フジヤマ』だけ。そのオフジさまだって、裾野はゴルフ場や別荘地の開発で、生態系そのものに大きな狂いが発生しつつあるそうじゃないか。『フジヤマ』一つ守れないで、なにが文化国家、平和国家だよ。ねえ、きみ」

「体操が少しききすぎやしませんか」と、「青年」のおだやかな口調。

「まだまだ、準備体操は念を入れなくちゃ」

「では、オンザロック、もう二杯」

＊

十二時半。京都着。「青年」もぼくも、準備体操のおかげで、すっかり出来あがっている。ハイヤーで、琵琶湖へ。三十年ぶりで、ぼくは若狭へ水を飲みに行くのだ。少し、ゼイタクをさせていただきます。京都の桜はすでに葉桜。車は一路、浜大津へ——

なつかしい大津の町並。あの戦争でよくぞ焼け残ったものだ。細い格子戸と暗い窓。

低い二階屋が軒をつらね、ときおり、くすんだ白壁と紅《べん》がらの格子戸が上方の匂いをはなつ。車は今津にむかって、湖の西岸を疾走する。左手に比叡山の稜線が迫ってくる。右手には、陽春の光にきらめく琵琶湖のさざなみ。

「ほら、あれが琵琶湖ホテルだ。戦争中はずいぶんお世話になってね、万博の仕事をちょっと手伝ったかえり、二十五年ぶりで、旧館に泊ったことがあった。真冬でね、戦後できた新館はお客でたてこんでいたが、旧館はだれも泊っていない。昔のまんまだったよ、スタインウエイのピアノまで、大広間に残っていてね。オークの厚いドア。古い絨毯。ガタガタのエレベーター。戦争中は一泊二円五十銭だったと思うな。アルミサッシなんか、いまだって使ってないから、気持がいいよ。こんど、きみも旧館に泊ってみるといい。お化けがでるかもしれないが、昔のお化けだ、きっと凄い美人が出てくるぞ。民主主義になったら、凄味のある美人というのはいなくなったな。『野暮』が戦後社会の原理なんだから、しょうがないや。さあ、近江八景の一つ、唐崎の松だ。そこんところに、ぼくが予科練の教官をしていた海軍練習航空隊の正門があってね。おや、『そば屋』になっちゃったよ、あの正門が」

ウイスキー体操のおかげで、ぼくの舌はよくまわり、「青年」は微笑をうかべたまま、おとなしく耳をかたむけてくれる。どうも今夜は、センチメンタル大会になりそうだぞ。

「へえ――、タムラさんが予科練の教官？ 初耳ですよ。逆立ちしたって想像できないなあ！」と「青年」が嘆声をもらす。

「だから、若狭湾で敗戦を迎えたって言ったじゃないの。昭和十八年の学徒動員のはしりにひっかかったのさ。鹿児島の航空隊で、予備学生の教育を受けて、昭和十九年の秋に、さっきの練習航空隊に配属されたのさ。フィリピンのレイテ島に、マッカーサーの大軍が上陸してくる直前だ。できのいい連中は、マニラ、ラバウル、台湾、沖縄、それに艦隊司令部などに配属になった。K大からきた男なんざ、連合艦隊司令部付になった。昭和十九年の九月には、日吉の大学に司令部が移ったから、また母校へ逆もどりしたわけさ。とにかく、さっきの航空隊は、場所がよくないよ。海軍のクラブは京都の木屋町にあるし、すぐ近くには三井寺という江戸時代からの岡場所がある。いずれは玉砕と観念して、経理課から前借してはせっせとお酒を飲んでいたから、八月十五日の静かな敗戦に、もっとも仰天したのは、海軍に三カ月分の給料の借金のできたぼくと、ぼくに好意的に月給を前借させてくれた経理課の学徒兵あがりの係官さ。この人物は、上野の美術学校の出身だった。だから、いまでも彼の健在を切に祈ってるんだ！」

「あきれた戦争体験もあるもんですね」と「青年」。

「そうね、ひまさえあれば、京都でブラブラしていたから、空襲の怖さを知らないんだよ。オヤジやオフクロや弟は、東京にいたから、五月二十五日の大空襲で、命からがら逃げまわってね。ぼくは死体一つ見たことがないんだ。ああ、堅田《かただ》だ。ここもちょっとなつかしい。酒造りのご主人と仲よしになってね、よく原酒をご馳走になったものさ。高浜虚子のお弟子さんで、そのころ四十歳くらいだったから、いま、ご健在なら七十歳の大旦那だ」

「タムラさんの戦争体験というと、お酒の話ばかりですね」

車は、湖畔に軒をならべる江戸以来の商家や酒蔵、米蔵の港町堅田をすぎ、琵琶湖大橋を右手にながめて近江舞子へ——湖をへだてた東岸の背後には、鈴鹿の山並と伊吹山が、春霞のなかに姿をつらねている。

「そうさな、こないだも、家内が二晩がかりで阿川さんの『暗い波濤』という大戦末期の予備学生の運命をテーマにした長篇小説を読みあかしてね、目をはれあがらせて言うんだよ、『おなじ予備学生でも、艦や飛行機と運命をともにした人たちと、月とスッポンの違いなのね。あなた、はずかしくないの?』そんなこと言われたって、ぼくにはぼくのスッポンの運命があるんだものね。なにも好きこのんで、酒ばかり飲ん

「もう安曇《あど》川ですよ、平野部に入ってきました。今津まで、あと一息」

「おや、いやにさからうね」

「さあ、どうでしょうか？」

でいたわけじゃないや」


対岸は彦根あたり。大連休の直前の空白とあって、今宿、志賀あたりを過ぎると、対向車はほとんどない。滋賀の、白壁づくりの農家の印象は美しい。冬の滋賀は、日本海から吹き荒れてくる北方の雪と氷の寒風にさらされて、いたってきびしいが、晩春と秋は絶品である。琵琶湖とその周辺は、七世紀の大津京から中世、戦国時代にかけて、まさに歴史の宝庫だ。しかし、ぼくの目は、ぼく自身のまずしい「戦争体験」にさえぎられて、「歴史」を見ることができない。まして、三十年まえの「戦争体験」など、ぼくにとっては、つい昨日のことだ。ぼくの目に見えた比叡山の稜線は、信長が焼討ちにした延暦寺の「歴史」でもなければ、現在、ロープウエイとケーブル・カーによって頂上までつながれている「観光」ルートでもない。大戦末期、人間爆弾の特攻兵器として登場した「桜花」のロケット基地としての限定された空間なのである。そして、比叡山と名づけられた八四八メートルの山塊を限定したものこそ、歴史の力であり、時代の枠組であり、日本近代化の悲劇的な文化そのものなのだろうか。そして、ぼく自身がかかえこんでいるまずしい「戦争体験」は、まだ「歴史」のなかに入っていない（歴史によって、まだ許されていない、と言うべきか）。

「さあ、今津です。これから若狭路に入りますよ」「青年」のあかるい声に、ぼくは目をさました。ウイスキー体操のおかげで、一瞬、ぼくは奇妙な夢を見ていたのだ。

＊

車は、今津の町から左折して、ルート三〇三のドライブ・ウエイに入る。比良山系を横断して、若狭の上中《かみなか》までいたる江若《こうじゃく》街道で、上中で敦賀と舞鶴を結ぶ国道二七号に合流する。ルート三〇三は、幾重にも折りかさなっている形のおだやかな、女性的な山あいを、ゆるやかに縫いながら比良山系をのぼって行く。全山、欅《けやき》、椎《しい》、樫、櫟《くぬぎ》、柿、栗などの若葉、青葉の、みどりの輝き。長い冬の雪にとざされていた若狭の山々が、いっせいに息をふきかえしたといった感じ。ところどころに、満開の山桜。東京も京都も、葉桜のさかりというのに、若狭の桜は、いま満開。お花見ができようとは夢にも思わなかった。ぼくも「青年」もまったくの無言。しずかに走っているのは、ぼくらの車ただ一台。対向車絶無。野つつじ。その色の美しさを、ぼくには形容できない。あかるい紫、しかも深みがあって、それでいて重くない。この色は、関東にはないな。そして、竹、竹林、まさに若狭、若狭の国。

ルート三〇三は日本海にむかって、おだやかに下りはじめる。むろん、海は見えないが、北の海にむかって、ゆるやかに走っていることはたしか。菜の花とレンゲ畠がひろがりはじめ、古風な農家が点在してくる。やがて上中。国道二七号を、小浜にむかって車は左折。右折すれば、敦賀を経て、越前に入るわけだ。

「この上中から、小浜にいたる区間が、若狭文化の中心なんですよ」「青年」がやっと口をひらいた、「もう少し行くと、遠敷《おにゅう》川に出ますが、遠敷大明神をまつる若狭一ノ宮、その本地仏《ほんじぶつ》をまつる神宮寺があるんです。毎年、三月十二日に、奈良の東大寺でお水取りの神事があるでしょう、その二月堂の若狭井の水は、遠敷川上流の鵜ノ瀬《うのせ》から地下を通って送られているくらいですよ。三月二日には、この若狭の鵜ノ瀬で、お水送りの神事があって、その日には、川の水がちゃんととまるんですからね」

「そうか、すると、若狭の水が最高だというのは、ぼくの主観じゃないわけだ。奈良朝のころから、あまねく天下に知られていたんだね」

「それに、奈良朝以来の名刹が、この地にはいくつも現存しているんです。坂上田村麻呂が建立したという国宝の明通寺、それに羽賀寺、多田寺、妙楽寺、円照寺など、みんな奈良時代の創建ですからね。ディスカバー・ジャパンの歌い文句じゃないけど、小浜は、『海の見える奈良』というわけです。ぼくが小学生のころ、都といったら、小浜のことでしたもの」

「それがいまじゃ、都会といったらパリやニューヨークかい。きみもずいぶんスレちゃったね。小浜を、もっと大事にしなくちゃ」

「そうですとも、それで今夜の宿を、わざわざ小浜にしたんですよ」

小浜は、慶長五年に、京極高次《たかつぐ》が城を築いた城下町。江戸期に栄えた港町の面影をのこしている。宿は堀川のそば。明治中期あたりからの古い建物で、長い回廊を渡って部屋にとおされると、前面は若狭湾の中の小さな湾、大島半島と松ヶ崎に抱かれたしずかな入江——小浜湾の青い海。若狭の海を見るのは、じつに三十年ぶりだ。だれもいない大浴場に「青年」と二人でとびこむと、若狭にたどりついたという実感がはじめて湧いてくる。湯は豊富で、じつに清らか。その夜は、飲んだ。ウイスキー体操の下地があって、三十年ぶりの若狭の海とくれば、センチメンタル大会にならなければ不思議である。年増の芸者さんをよんでもらう。昔のことをよく知っているひとがいい。芳醇な地酒と鯛のあら煮。そして、ウイスキーをガブガブやり出したころには、宿のお内儀まで参加してのセンチメンタル大会。内儀は、六十五、六の陽気な未亡人。女優の東山千栄子さんに感じがよく似ている。若狭の旧家の出だという。女手一つで九人の子供さんを立派に成人させ、明治以来の旅館をとりしきってきた人の、聡明で、しかも明るい感じが、ぼくたちをよろこばせる。大年増の成駒姐《ねえ》さんは長唄の名手。三味線をもたせたら、小浜随一という。残念なことに、客は無粋のきわみ。軍歌と俗曲しか知らないのだから、成駒姐さんもヤケクソになって古い流行歌を歌い出す。お内儀もハッスルして、「砂漠に陽は落ちて」「昔恋しい銀座の柳」「緑の地平線」……。「青年」は戦時中の小学校唱歌。ぼくは、「赤い血潮の予科練の」から「ラバウル小唄」「海の男の艦隊勤務」「佐久間艇長の歌」(軍神佐久間艇長は小浜の出身)。そうしたら、成駒姐さんが座敷着の袖をグイッとひきあげて、左の二の腕をぼくらに見せる。酔眼で観察するところによると、まぎれもない刀傷。大戦末期に、駆逐艦乗りの酒乱の若い士官に、短剣で切りつけられたという。「それも、このお座敷でよ」

「へえ、不思議な縁だね。負け戦で、きっと気が荒れていたんだろう」

「ほんまにそうです」と、若狭の東山千栄子さんが、おっとりした口調で相槌をうつ。翌日、年のころ三十五、六の駆逐艦の艦長さんと、若い士官がやってきて、丁重に成駒姐さんに、この家で謝罪したという。その態度があまり立派だったので、それをきっかけに仲よしになっちゃった。いまでは、この刀傷も、なつかしい思い出ですよ、と成駒姐さん。関東育ちのぼくに、お内儀と成駒姐さんのまるみのある若狭言葉が、ここで復元できないのは、なにより残念だ。それから四人で、「高い山から谷底見れば」の「ギッチョンチョン」の大合唱。そして、前後不覚。

＊

翌朝、さわやかな目覚め。前日にひきつづき、若狭湾は雲一つない快晴。部屋に浴室があるが、「青年」と二人で浜つづきの大浴場にとびこむ。ぼくら二人だけ。

「ゆうべみたいに、愉快にお酒が飲めたことは、ほんとに久しぶりですよ」と「青年」は上機嫌。

「さあ、今日は、いよいよぼくの古戦場だ。栗田《くんだ》という小さな集落、知っている?」

「ええ、栗田なら、宮津線の、宮津の一つ手前の小さな駅ですよ。ここからなら、ハイヤーで二時間もあれば着いてしまいます」

「なにしろ三十年まえのことだしね。それに、ぼくが二十二歳のときだ。記憶もほとんど断片的になっていて、その土地を踏んでみて、どのくらいまで記憶がもどってくるか、そいつがなにより愉《たの》しみなんだよ。ま、ちょっとしたスリルもね」

若狭の東山千栄子さんのお見送りをうけて、ぼくらのハイヤーは、国道二七号線を、一路宮津へ――

「で、タムラさんは、栗田のどういうところにいたんです？」

「小さなお寺なんだ。その寺の名前も忘れてしまっていたら、五年まえに、その寺に一緒に泊っていた予科練の人が、ぼくをたずねてきてくれてね、十六、七の紅顔の美少年が、立派な紳士になっていて、びっくりしちゃったよ、その人が、神宮寺という寺の名前を教えてくれたのさ」

「小浜の若狭神宮寺とはちがいますね」

「だって、栗田は丹後でしょう。それに、とても小さなお寺なんだし。栗田に着いたら、土地の人にたずねれば、すぐ分りますよ」

車は小浜湾をすぎて、高浜へ。前方に「若狭富士」と呼ばれている姿の美しい青葉山が見えてくる。標高七〇〇メートル弱の三角形。山頂まで、若葉の絨毯。その山の西麓、奈良朝初期の古刹、松尾寺を通過して、東舞鶴（かつての海軍の鎮守府所在地）、西舞鶴とくると、三十年まえの記憶がぼんやりと形をなしてくる。ぼくらはすでに丹後に入っている。舞鶴湾をすぎて、金ヶ岬のつけ根の屈折した坂をくだると、前に大きな河、右手は一望にひらけて栗田湾。

「ああ、由良川。この河までが、ぼくらの守備範囲だったんだ。この坂道もおぼえているよ、自転車で、栗田から由良川を越えて、鎮守府によく通ったからね」

西、金ヶ岬、東、無双岬に抱かれている栗田湾、その岸辺まで切りたった断崖がせまっている由良の海、デリケートに屈折している海岸線の景観は、形容を絶する。初夏の陽は、ぼくらの頭上に高く、丹後の海の色は、気が遠くなるほどまでに青い。そして、三十年まえの海の青さ、あの夏の日の、太陽の輝きが、一気によみがえる。

「青年」もぼくも無言。

二年まえ、ある文学雑誌に、つぎのような文章を書いたことがあった——


一九四五年の夏は、ぼくにとって、この世における、もっともさわやかな季節であった。まだ二十二歳だというのに、「時」が停っていたからである。歯の痛みも、服のほころびも、いっこうに気にならなかった。あと、一か月もすれば、すべてが終るのだ——ぼくの耳にとどく、あらゆる情報が、そう告げている。この年の夏の若狭湾は、快晴にめぐまれていた。栗田という小さな村の、神宮寺という寺に、滋賀海軍航空隊で編成された海軍陸戦隊噴進砲中隊の第一小隊とともに、ぼくは宿泊していた。小隊長は、高知高校出身の快男子で、小隊は、この若い少尉が指揮をとった。ぼくは、噴進砲（ロケット砲）の陣地予定地を探しに、午前中は、山を歩いていた。初老の特務中尉がいつも一緒で、日本の女性は、なぜ垂れ尻なのか、それは、ハイヒールをはかないからですな、などと独得の美学を展開してみせるだけで、いっこうに陣地探しには熱をいれなかった。もっとも、噴進砲なるものが、横須賀海軍工廠《こうしょう》から、いつ届くものか、さっぱり分らないのだからしかたがない。老中尉と山の中腹にねそべると、眼下に、天ノ橋立がひろがっている。日本の石油も、八月いっぱいできれますからな、もう長いことはないですよ、そう言うと、彼はアクビをした。

午後は、濃紺の日本海で泳いだ。泳ぎ疲れて松林にねそべっていると、米軍の艦載機がチームをつくって、水平線を、美しい姿態をみせて横切りながら、舞鶴の方向にむかって飛んで行く。神宮寺の水はうまかった。若狭は、水のいいところなのだ。夜は、米軍機が機雷を若狭湾に投下した。

八月十五日の正午の敗戦の放送は、寺の境内で、第一小隊とともに聞いた。土佐高出身の快男子の小隊長は、号泣し、ぼくもつられて泣きそうになった。そして、やれやれ、と思った、これからは、歯もなおさなければならないし、服もつくろわなければならないのか——そのとき、「時」がうごき出したのだ。詩の雑誌を出そう、と、フッと思った。不思議なことに、T・S・エリオットの「荒地」というタイトルしか、頭にうかばなかった。


（「ユリイカ」昭和四十七年十二月号）

「さあ、栗田です。この駅に見おぼえがありますか?」と「青年」。

「そうね、見おぼえがあるといえばあるし、はっきり思い出せないな。古い映画を見ているような感じなんだ。わるいけど、そこの雑貨屋で、神宮寺をたずねてくれませんか」

駅は、どこの田舎へ行ってもよくお目にかかる小さな「寒駅」で、ぼくは、自分が住んでいる鎌倉の江ノ島電鉄、年間、やっと百万円の黒字を出すという、通称「江ノ電」の小駅を思い出した。

やがて、「青年」が車にもどってくる。

「運転手さん、その道を下りて、左へまがって下さい。すると、小さな桟橋がありますから、そこでとめて」

ものの二、三分もしないうちに、車は、栗田湾のおだやかな海に突き出している漁船の船着場にとまる。

「この桟橋には、見おぼえがあるぞ。ほら、あの砂浜で、夕食まえに、フロがわりに、みんなで飛びこんで泳いだものさ。そう、小さな漁村だったよ、あの時も」

砂浜に、何隻かならべられている小舟を見ながら、ぼくは「青年」に呟いた。

「お寺は、その道路のさきを少し行って、山に入ったところらしいですよ」と「青年」。

「いま、何時?」

「十二時を少し回りましたね」

「じゃ、昼食時だ。三十分ばかりぶらついて、お寺に行こうよ」

道路にも、桟橋のあたりにも、まったく人影がなかった。初夏を思わせる太陽は、ぼくらの頭上に。潮の香と海草のにおいがいりまじって、海の微風がぼくらの耳朶《みみたぶ》をかすめて行く。小さな漁村は、白昼のひかりのなかで、死んだようにしずまりかえっている。

「のどが渇いたね。酒屋さんくらい、近くにあるだろう」

「青年」とぼくと、運転手さんと三人で、村の中に入って行く。しばらく行くと、右側に、菊正の看板。家屋はがっしりとしていて、明治中期あたりの建物。ひろい土間に入ると、ビールの箱が何重にもつみあげられていて、左手は、上がり框《かまち》。太い梁《はり》も柱も、黒光りしていて、長い年輪をのぞかせている。

「ごめんください」

「青年」が声をかけると、奥から中年の婦人が、事務服を着たまま出てくる。

「ここで、ビールを飲ませていただけますか?」

「あの――、すんませんなあ、農協に勤めておるんで、一時までに、わたし、行かんならんのですが」

「いや、十五分もあればいいんです」

「そんなら、どうぞ」

「青年」とぼくはビール。運転手さんはサイダー。よく冷えている。三人、上がり框に腰をおろす。

「神宮寺さんは、ちょうど、おたくの裏手にあたりますね？」とぼく。

「はい」と中年の婦人。

「ご住職はご健在ですか？　じつは、戦争が終るまでの二カ月間、そのお寺に泊っていたものですから」

　婦人の目がキラッと光った。

「じゃ、海軍さんですか？」

「はい、そのときのご住職のことですが」

「ええ、ずっとお元気で。あの当時、わたしは女学生で、舞鶴の工廠へ勤労動員で行っていたんで、よくは知りませんが、終戦後、家にもどってきたら、あのお寺に海軍さんがたくさんおられたと聞いて」

やっと三十年が形をなしてきたぞ。勤労動員の女学生が、立派な中年の婦人になって、ぼくのまえに立っている。

「菊正を一本、つつんでください。お寺にお届けしたいから」

「青年」が勘定をはらうと、ぼくらは表に出た。運転手さんは、桟橋の車へ、ぼくらは寺へ。やっと一人、老婆がむこうから歩いてくる。柔和な顔の老婆。

すれちがってから、ぼくは「青年」にささやいた。

「彼女だって、あのときは、三十二、三の女盛りだったんだよ」

ひなびた漁村のほぼ中央、干物のにおいがただよっている道路を左折すると、小さな山にかこまれて、「寺」があった。山門もない、曹洞宗の小さな禅寺。

「ごめんください」

こんどは、ぼくが声をかけた。

七十歳ちかい住職が奥から出てくると、キョトンとした顔で、ぼくらの顔を見上げる。

「戦争の末期に、二カ月ほど、このお寺にご厄介になったものです。三十年ぶりで、若狭の海が見たくなったものですから、突然、おうかがい致しました。お達者でなによりです」

「おぼえていらっしゃいますか、この人を?」と、横あいから、「青年」が微笑をうかべて、住職にたずねる。

「さあて、なんせ、きゅうなことなので……ええと、予科練さんが仰山いやはりましたな、士官の方がお二人、たしか、ムラタさんとか、タムラさんとかおっしゃる方が責任者で……」

「ぶしつけですが、水を一杯いただけませんか。じつは、このお寺で飲んだ水の味が忘れられなくて……」

「水? ああ、水でございますか、ほんまに山から引いた湧き水はおいしゅうございました。よう、忘れもせんとおぼえておってでおくれでしたなア、そやけど、三、四年まえから町の水道になってしもうて……」

寺の境内は、思っていたより狭かった。あの夏の日、第一小隊とともに、寺の旧式なラジオで終戦の玉音に接した境内で、ぼくはご住職とならんで、「青年」に写真を撮ってもらった。

車は山道をのぼりつめると、宮津に下る栗田峠。ぼくと「青年」は、車をおりると、峠から、紺碧《こんぺき》の宮津湾をのぞきこんだ。昭和二十年の初夏、初老の特務中尉と、日本の女性の垂れ尻について論じあいながら、山の中腹から、ぼんやり眺めていた天ノ橋立が、いまも、何喰わぬ顔で、そこにある。

伊　那――飯田・川路温泉

新宿の中央線のプラットフォームで、ビールを飲みながら、S君を待つ。S君は、このまえ、若狭《わかさ》へ一緒に旅行した「万年青年」である。夏になったら、信州の禅寺へ行ってみないか、どちらからともなく、そう言い出すはめになって、汽車の切符はS君が買ってくれるというので、ぼくは、特急松本行の「あずさ号」が入ってくるのを待っている。夏休みだというので、プラットフォームは、山登りスタイルのヤングであふれている。ぼくは手荷物なし。

汽車、つい汽車と書いてしまうが、特急の松本行が入ってくると、S君がタイミングよく現われた。

午後二時発松本行の「あずさ号」には、幸か不幸か食堂がついていないから、座席で、ビールを飲むことにする。食堂があって、テーブルがあれば、どうしたって、ウイスキーということになる。

長い梅雨がやっとおわって、日本の空に、夏の光があふれている。ぼくは、ビールを飲みながら、車窓から中央線の沿線を、生れてはじめて見るようにながめる。

「いやに、今日はしずかですね」とS君。

「ええ、考えるところがありましてね。今日はおもおもしいですぞ」

「じゃ、タムラさんは、ソーウツ病なんですか」

「そんなことはありません。ふだんだって、ぼくはおもおもしいのです」

「なんだか、言葉づかいまで、あらたまってしまって、やっぱり変ですよ、今日のタムラさんは。昨夜、奥さんにでも叱られたんですか」

「なにをおっしゃる。詩人というものは、沈黙をこよなく愛します。あなたも、車窓の風景をしずかにながめたら、いかがです？」

「やだな、タムラさん、車窓の風景といったって、いま高円寺を過ぎたばかりですよ。ぼくは仕事で、毎日のように通っているんですからね」

「ああ、ずいぶん変った。これが阿佐ヶ谷ですか。——ははあ、吉祥寺。ジョージという都会ですな。まるっきり見おぼえのない駅だ」

「やっぱり鎌倉の谷戸にひっこんでしまうと、頭がぼけるんですね。このまえ、若狭に行ったときは、のっけからはしゃぎまわっていたくせに。まるで別人だ。もう少し、ビール、どうです？」

「では、お言葉にあまえていただきましょう。もう国分寺ですね、このあたりは、さすがに昔のおもかげが残っている。武蔵野がある。すこし呼吸が楽になりました。ビール、まだある？」

「ありますとも、どんどん飲んで、元気を出してくださいよ」

「はい、いただきます。では……ああ、うまい。汽車のなかのビールというものは、いいものですな。むかし、むかしといっても、戦後のことだけど、国立《くにたち》に住んでいたことがあるのです。住宅金融公庫の第一回生ですよ、ぼくは」

「へえ、そんな大昔に、タムラさんは家を建てたことがあるんですか」

「昭和二十四、五年のことでね、ぼくが大塚でブラブラしていたら、近所の大工さんがやってきて、家を建てないかと言うのさ。金がないよ、と言ったら、住宅金融公庫ができたから大丈夫だと言うんだ。おまけに、無職のぼくを、架空の会社員に仕立ててしまうというんだから、さすがのぼくもおどろいたね。とにかく、土地を探してくれと言うので、その日のうちに、ぼくは中央線にとび乗ったのさ。はじめ、高円寺、阿佐ヶ谷あたりの不動産屋にあたってみたけど、みんな、坪三千円するんだ。ぼくの予算は五百円か千円なんだからね。それからまた中央線に乗って、西荻窪、三鷹あたりを探したけど、二千円なんだよ。とうとう国立まで来ちゃってね。北側は草ッパラで、家なんか一軒も建ってない。駅の改札口だって、南口にあるだけ。や、国立だ。駅前の大学通りは変ってないね。そう、南側の、この沿線なんだ、小さなプロテスタントの教会のまえにぼくの家があったんだよ、ずいぶん、家ができたな。ああ、駄目だ、教会も、かげにかくれちゃっている。そう、国立、なんとなくいい感じの地名だろう。ところが、あとで土地の人に聞いたら、国分寺と立川の中間に、新駅ができたので、国立にしたんだってさ。あんまり散文的な発想なんで、あいた口がふさがらなかったよ」

「ビール、どうですか」

「少しいただきましょう」

「やっぱり、タムラさん、いつもとちがいますよ。なんか悩みごとでも」

「とんでもない。これが、ぼくの本性なんです。あまり見くびってもらっては困る。軽佻浮薄は、ぼくの、もっとも忌むべきもの」

「変ですねえ、若狭へ行ったときのタムラさんは、東京駅からウィスキーの飲みっぱなしで、うかれどおしだったじゃありませんか」

「おだまりなさい。それでね、国立で降りて、ブラブラ田舎町を歩いていたら、電信柱にハリ紙がしてある。地主がじかに売りたいというのさ。ぼくは地主の家へ行ったんだ。駅から五、六分の土地が坪七百円、十二、三分のところだと四百円だというんだね。四百円の方は、タヌキが出そうだから、七百円で五十坪買った。南むきのいい土地でね。建坪は、十二坪に制限されていたから、設計の仕様がない。それで、ぼくが設計したんだ。八畳が洋間で、三畳と六畳が和室、それに台所と便所と、小さな玄関をつけたら、それでおしまい。ミソは、三つの部屋から、じかに玄関と台所に出られるところ」

「へえ、おどろきましたね」

「公庫が土地代までお金を貸してくれてね、それも五万円だったから、一万五千円、おつりがきたわけさ。建前のときだけ、酒をもっていって、大工さんができましたよ、と言ってくるまで、一度も見に行かなかったんだ。家ができたって言うんで、からだだけ持って行って、それでも三年ばかり暮したよ。となりの家が、その土地の大工さんのすまいでね、その大工さんの台詞《せりふ》がいいや、『旦那さん、おたくの家はゆがんでますよ』」

「ああ、高尾をすぎました」

「高尾？　なんだ、浅川のことか。しかし、このあたりの山はいいね。女性的な若狭の山とはちがって、すこし骨っぽいけど、なかなか味があるんだ……」

ビールがきいてきて、それから二時間、ぼくはねむってしまった。甲府盆地も、葡萄畠も、ぼくの夢の中を通過しただけだ。

＊

「タムラさん、もうじき上諏訪ですよ」

S君の声で、ぼくはあたりをキョロキョロ見まわした。

「上諏訪でおりて、つぎのアルプス号で辰野まで行くんです。それから飯田線……」

S君は、座席のビールの空カンを片づけたり、ボストンバッグを、網棚からおろしたり。ぼくは、ま後ろのシートに、からだをむけると、挨拶をした。

「では、お元気で。アジア・アフリカ詩集は、いつもカイロから送っていただいています。一日も早く健康になってください」

特急「あずさ号」が、上諏訪のプラットフォームから姿を消すと、狐につままれたような顔をしたS君がたずねた。

「なんだ、お知りあいがいたんですか？」

「『青年の環』だよ、『真空地帯』だよ」

「ああ、作家の野間さん？」

「うん、新宿のプラットフォームで、きみを待っていたら、偶然、野間さんと会ってね。なにしろ十年ぶりだ。三年ほどまえに、病気になられた、とだれかから聞いたんだが、右手がまだ、ちょっと不自由な感じ。それでも、その手に、モノーの『偶然と必然』なんて本をしっかり抱えていてね。松本の奥に、山小屋があって、自己流のリハビリテーションをやるつもりらしい。ま、信州の高原を歩きまわって、読書に没頭すれば、たいていの病気はなおってしまうさ」

「でも、お元気そうでしたよ」

「そう、プラットフォームで立ち話したとき、やっと回復期にさしかかった、と野間さんも言っていた。三年間の闘病はたいへんだったらしい。とにかく野間さんは偉いよ、右手が不自由になったら、詩を書き出したんだ。もっともあの人は、天才的な詩人竹内勝太郎のお弟子さんだからね」

「そこへ行くと、タムラさんは右手が自由だというのに、詩もかかずに、ウイスキーのボトルばかりいじりまわして」

「そう言うてくれるな。一昔まえに、野間さんとは、新宿の飲み屋でよく顔をあわせたものだ。どういうわけか、野間さんは、ぼくと会うと、きまってお説教するんだよ、『タムラ君、きみも散文を書きたまえ。散文を書くと、忍耐というものが、どういうことか、はっきり分る。散文は、アイデアでもなければ才能でもない。散文は、忍耐そのものなんですよ』、その言葉は、いまでもぼくの耳から離れないんだ。そこへ、特急『あずさ号』が入ってきて、きみが、のんびりした顔をしてあらわれたっていうわけさ。ぼくは野間さんと、同行の奥さんに挨拶して、車内に入った。シート・ナンバーをたしかめながら、座席を見つけたら、なんと、ぼくのま後ろが、野間夫妻なんだよ。重厚で、忍耐の権化が、ぼくのま後ろに坐っていたんじゃ、いくらぼくだって、きみと馬鹿話はできないよ。それに、回復期の人なんだからね」

「どうりで、タムラさん、はじめのうちは、いやにおもおもしかった。でも、ビールがまわってきて、国立の家の話になったら、さかんに軽口をたたいていましたよ」

「なに、家を建てた話なんだから、大丈夫だ。とにかく建設的な話さえしていれば、野間さんは怒らないからね」

＊

午後五時三十四分。辰野で、ぼくらは各駅停車の飯田線に乗る。いたってのんびりしたローカル線。S君は、カン入りビールを仕込んできて、ふたたび乾杯。ラッシュ・アワーだというのに、空席はいくつもある。「こういう電車で毎日通勤していたら、とても東京なんかには住めませんね」と、S君はうらやましそうに言う。

ゴトリと電車は動き出して、青々とした稲田や桑田の平野部を走る。

「きみは、この線ははじめて?」

「そうなんですよ、ほら、あの雲、ばら色に輝いていて、こんなすばらしい夕暮は、ひさしぶりだ」

「あれが、ほんとうのばら色ってやつだな。しかし、あの雲のおかげで、南アルプスはかくれてしまったな。甲斐駒《かいこま》や仙丈の高峰が、じつに壮観なんだけどね。あと二十分もすると、天竜川が見えてきて、伊那谷《いなだに》に入るわけだ」

伊那谷は、諏訪湖を水源として、中央アルプス（木曽駒ヶ岳）と南アルプス（甲斐駒ヶ岳）のあいだを流れる天竜川の谷あいをいう。天竜川は南に流れて、太平洋にそそぐ。木曽谷が陰とすると、伊那谷は陽だ。空気は透明で、夕闇がせまりつつあるのに、光があふれている。そういう意味でも、伊那谷は、南信州のシンボルといってもいい。土地の人の顔つきも、言葉づかいも、南にくだるにつれて、柔和に、おだやかになってくるという。やがて、あかるい夕暮のなかに、伊那谷独特の段丘畠が見えてくる。電車は各駅停車だから、小さな駅にいくつもとまるが、その簡素で、しかものんびりとした、まるで工芸品のような雰囲気は、ぼくらをまったく退屈させない。息せき切って疾走しつづけてきた戦後の日本の忘れものが、この伊那谷で、ひっそりと息づいているのだ。小駅には、背の高いヒマワリ。みんな、南アルプスの方角に顔をむけている。そして、ばら色の雲は、いま、まっ赤に燃えて、日没。

やがて、伊那谷北部の中心都市、伊那をすぎたころには、日はとっぷり暮れて、天竜川の向岸にきらめく無数の民家の灯。その灯は、思いがけない高さまで、点々とつづいていて、段丘の規模の大きさを、ぼくらに無言で告知している。

そして、駒ヶ根。文字どおり、二九五六メートルの木曽駒ヶ岳のつけねにあって、木曽駒から流れる雪どけ水の太田切川がつくった扇状台地。白昼なら、中央アルプスの威容が、くっきりとぼくらの目に見えるはずだ。

乗客は、ほとんどいなくなってしまった。S君とぼくは、四人用の座席を一つずつ占領して、ビールを飲みながら、ぼんやりしている。

「まるで、専用車ですね」とS君。

「いま、停った駅ね、飯島というんだけど、ぼくの友人の山小屋があるんだよ。昨年の夏、その山小屋に二泊させてもらったが、南アルプスが一望のうちに眺められてね、夜なんか、一面の蛍の光さ。空気が乾燥していて、夜なんか寒いくらいだったよ。去年の暮に、その友人と、神田のあんこう鍋屋で、忘年会をやったんだ。大学の教育学の先生でね、お姉さんがカトリックのシスターで、じつに謹厳実直を画に描いたような人物さ。で、あんこう鍋屋で、一杯やってから、いい気持になって、新宿へ出た。先生も、その日、授業の最終日だったせいか、書物をつつんだ風呂敷を小脇にかかえて、うきうきしている。例によって例のごとく、戦前からの行きつけの飲み屋にとびこんで、流しをよんできて、古い流行歌や小学校唱歌を二人で合唱したと思いたまえ。それから、ゴールデン街の間口半間《はんげん》の飲み屋を二人ではしごして、午前零時ごろには解散したんだ。ぼくはそのまま、鎌倉へ車で帰ってしまったんだが、それから二、三日して、ある出版社の若主人から電話がかかってきた」

「なるほど。で、それから」こういうときになると、きまってS君は目をランランとかがやかして乗り出してくる。

「『I先生のこと、ご存じでしょうか？』と、若主人は、いきなり切り出すんだ。I先生というのは、ぼくと忘年会をやった教育学の教授のことだ。『どうかしたの？』ぼくも、思わず聞きかえした。『タムラさんと忘年会をおやりになって』『そうそう、とても愉《たの》しかったよ』『ところが、その忘年会が問題なんです』『えッ？　忘年会？』

『I先生は、タムラさんと新宿で別れて、タクシーをひろった、そこまでしか覚えていないと言うんです。奥さんの話によると、なんでも、朝方になって、ハダシで、自宅へ駈けこんできたというんですよ』『へえー、そいつはおどろいたな』『靴がないだけじゃないんです。眼鏡、オーバー、風呂敷包み、入れ歯、靴下まで、なくしてきたというんですよ。それも、朝の六時ごろ、家にとびこんできて、ハダシでペタペタと』『いったい、どうしたんだろ？　ぼくが車にのったとき、ご機嫌で、ニコニコしながら手をふって別れたというのに』『ご本人も、ぜんぜん見当がつかないそうです。とにかく、あんなに酔ったのは生れてはじめてだということで。ま、こう言ってはなんですが、日ごろのI先生の真面目な言動を思うと、なんだか、とてもおかしくなってしまって、笑っては失礼なんですが、でも、どうしようもなくて……』という次第さ。その若主人の釈明の仕方も泣かせるじゃないの。飯島という駅の看板を見たら、去年の忘年会を思い出しちゃったよ」

「で、その先生は、怪我はなかったんですか？」。善なる魂の持ち主であるS君は、クスリとも笑わずに、真剣な顔でたずねる。ま、そこだけが、S君の身上だ。

「かすり傷一つないんだよ。それに、財布も上着のポケットにちゃんと入っていたんだ」

「ちょっとしたミステリーですね。きっと、タムラさんのようなチャランポランな人と飲んで歩いているうちに、自分の真面目さに腹が立ってきて、深夜の路上に、オーバーから靴、入れ歯から眼鏡までかなぐり捨てて、たたきつけたんじゃないでしょうかね。なんだか、その先生の気持、ぼくには分るような気がするなあ……」と、S君のしんみりした声。

「先生は、今年の夏はアメリカへ行ってしまったよ。いまごろは、オハイオ州のちいさなカレッジで、真面目に教育学の研究をしているさ。クシャミくらいはしているだろうけどね」

＊

午後八時。飯田下車。飯田線が鈍行だったので、新宿から、ちょうど六時間かかったことになる。飯田は、伊那谷の中心的都市。八百年の歴史をもつ城下町で、「小京都」と、昔から呼ばれている。碁盤目状の街路が東西南北に走り、昭和二十二年の大火で、その大半を焼失したのにもかかわらず、復興した街は、南信特有の明るさを生かした近代都市で、しかも、一角には、江戸期の武家屋敷まで残っている。

「とにかく、なにか飲もうよ。さすがに、ビールはあきた」

「そうですね、宿は天竜峡のちかくにとってありますから、この街で一杯やって、そのまま、タクシーで行くことにしましょう」

ぼくらは、駅前の下り坂になっている大通りを、ブラブラ歩いて行った。小綺麗な商店や映画館が両側にならんでいるわりに、人通りは、ほとんどない。空気は澄み、乾燥していて、この街の夏の夜は快適だ。甘い匂いさえ、清澄な空気の中にただよっている。

「いい匂いがすると思ったら、リンゴ並木なんだね。ほら、もう、あんなに実が大きい」

秋には六千個の赤い実をつけるというリンゴ並木を横断すると、「菊正」の看板。

「にいさん、ここに入ってみようや」と、ぼく。

どういうわけか、「菊正」の看板があると、なにがなんでも入りたくなってしまう。「白雪」「富久娘」の看板だと、どんなに店の感じがよさそうでも、ぼくは敬遠。

ひろびろとした店内に、小座敷と分厚いカウンターがあって、ぼくらは、カウンターのまえにペタリと坐る。まずはじめに、酒棚をジロリ。十種類近い銘柄がズラッとならんでいる。こういう店なら、安心していい。サカナだってまずいはずがない。仏頂面をした女の子も、酒飲みの店には、うってつけである。こういう女の子にかぎって、キビキビしていて、酒にもしまりが出てくる。へたにベタベタされたり、ニタニタされたら、酒の味は正直で、たちまち堕落することを、ぼくらは永年の勘で知っている。

「ねえさん、この土地の地酒で、辛口があったけど、なんてったけね？」

「キクスイです」

「菊に水かい？」

「いいえ、喜ぶ、に、久しいを書いて」

「ああ、喜久水、そうだ、開善寺《かいぜんじ》の坊さんが大好きなやつだ。S君、思い出したよ、毎晩、坊さんと、二人で一升あけていたんだ、じゃ、そのキクスイ二本、つけておくれ」

「タムラさん、どういう因縁で、開善寺にいたんです？　坊さんと、お酒を飲んでは、ペギー葉山の『南国土佐を後にして』を合唱したという話は、このまえ、さんざん伺ったんですけどね、いったい、どうして開善寺にいたのか、そのへんのところが、ぼくにはのみこめないんですよ」

「そうさな、あらたまって、きみにたずねられると、ぼくも返答に困っちゃうな。『南国土佐を後にして』が流行したころだから、もう十数年まえの話だ。二カ月いたんだよ、そのお寺に。つまり、その……身の置きどころがなかったんだね、ちょうど、あのころ」

「なんだか、雲をつかむような話ですね。で、和尚さんとは、お知りあいだったんですか」

「ねえさん、お銚子、どんどんつけて……それが知りあいでもなんでもないのさ。ぼくが途方にくれていたら、詩人の宗左近が、お寺を紹介してくれてね、あれは、昭和三十六年の夏だったな、たしか」

とにかく、イギリスの探偵小説の原書と原稿用紙だけをボストンバッグにほうりこんで、無一文で、ぼくはお寺にころがりこんだのだ。タバコ銭もなかったから、お寺の山門のまえの小さな煙草屋さんで、つけで「新生」を買った。そして、その「つけ」を払うために、信濃毎日の学芸部にいる大学の先輩に、雑文を買ってもらったっけ——

飯田市のはずれ、天竜川のほとりの上川路《かみかわじ》の開善寺に、わたしがやってきたのは八月の十八日、まだ夏のさかりのうちだった。白隠と鉄斎の書画に富み、高邁《こうまい》な住職の住む、この閑静な禅寺が、いっぺんにわたしは気に入った。

八月二十三日の夜は、時又《ときまた》の灯籠《とうろう》流しで、わたしも飯田市の下平君（宗左近の大学の教え子）にさそわれて見にでかけた。下平君の友人の、下駄屋さんの二階から夜空にきらめいては消える花火と、天竜川のゆるやかな水の上を音もなく流れる、新しい精霊のまたたく明りをながめながら、わたしはお酒をご馳走になっていた。そのあと、元満州開拓団の団長Iさんのお宅で、下平君と、そのグループの青年たちと、またお酒をご馳走になった（このグループは『段丘』といって、農村の近代化をはかるまじめな人たちの集まりである。いつだったか、政治社会史の研究者である橋川文三氏が酒盛りのあげく開善寺の廊下から庭におちて、おでこにコブをつくったのも、このグループのおかげである）。

元満州開拓団の団長Iさんは、六十ちかい方だが、見るからに永遠の青年といった好漢。彼は絶対に死なないという信念の持主であり、わたしたちが遠からず滅び行く存在であることを指摘して哄笑《こうしょう》するのだ。毎朝、腹筋の鍛練をかかしたことがなく、ことしのお正月、詩人の草野心平や会田綱雄、山本太郎という怪物が開善寺にあらわれたときも、Iさんは、合計五十余貫の詩人たちを大の字なりの腹にのせて、ケロリとしていたという数人の証言がある。その夜もショウチュウに酔った元団長は、腹をポコンポコンたたいては、しきりにわたしたちに乗ることをすすめたが、わたしは腹の怪音をきいただけで堅く辞退したものである。午前二時ちかくになって、わたしは開善寺にひきあげたが、思えばあの夜から、信州上川路の秋がはじまったような気がする。

開善寺で、いちばんわたしの好きな場所は、書院に面している裏庭だ。ついこのあいだまで夏草がおいしげっていたのに、いまは苔《こけ》むした地肌があらわれている。裏山に淡紅色の萩《はぎ》が咲いている。わたしの好みからいえば、萩は白にかぎるのだが、萩は字のとおり、いかにも秋の花だ。この裏山には満天星《どうだん》が一面に密生している。五月に、その花はひらき、十月の下旬になれば、葉は火の色にもえあがって、四十四畳の書院の障子いっぱいに、その鮮紅色が、まるで朝焼けのように照りはえるという。排水路がないために、裏庭の池は、いまは生きていないのだが、そのせいか、どことなく孤独な、寂しい感じをあたえる。

裏庭から、本堂の回廊を歩いて、山門の方に行ってみよう。しだれ桜や松の巨木のあいだをぬって、やっと根のついたばかりの、か細い白樺の木をながめ、鐘つき堂の下から、真昼の境内をゆっくり歩いていこう。開善寺のほとりに住む無欲にして高潔なる老画伯の、まるで庵室のようなアトリエへ行ってみよう。ザクロがころがり、モズが一緒に暮しているアトリエ。それから老画伯と二人で、桑畠のあいだをぬい、薄暗い竹林をさまよい、小高い丘の上にのぼっていこう。シダや、ススキがはえている丘の上から、秋の伊那谷をながめてみよう。わたしたちの視線は、時又の天竜橋をわたり、美しい段丘に散在している、対岸の竜江の村落をつたわるだろう。「あれが仙丈です」――白髪の老画伯が、南アルプスの一角を指さすだろう。「秋が深くなると、あの山が紫色にかわるのです。ま、そのころまでいるのですな、ハッハハハ」

（「信濃毎日新聞」昭和三十六年八月）

＊

翌朝、川路温泉の宿で目をさます。快晴。そりゃあそうだろう、どんなに札つきの雨男だって、長梅雨があがったあとに、信州へくれば、上天気に出っくわすにきまっている。まして、ぼくらは二人とも「お天気男」なのだ。信州は、いま盛夏。蟬《せみ》しぐれ。

さっそくビールを注文して、宿の裏山をながめていたら、鉱泉の温泉に入ってきて、顔をテカテカさせたS君が部屋にやってくる。まずは乾杯。ぼくは戦中派（戦争中毒患者の謂《いい》である）のせいか、乾杯するとき、「不思議と命長らえて」という文句が、一瞬のうちに閃くのである。

「なんだ、天竜峡のほとりにある古い宿かと思ったら、山の中の新しい旅館なんだね」

「東京から開善寺の坊さんに、旅館を紹介していただこうと思って、電話をしたら、川路温泉がいいということで。ぼくも、朝、目をさましたら、あこがれの天竜川が見えないので、ガックリきていたんですよ。いま、階下で、おかみさんと話していたら、ときおり、開善寺の坊さんが、ここへ昼寝においでになるとか——」

「ま、いいやな。きっと開善寺の檀家かもしれんな。この土地の人にとっちゃ、天竜川はちいさいときから見あきているし、それに、南アルプスと中央アルプスの流れ水を一手にひきうける天竜川は、一見おだやかだが、時と場合によっては、すさまじい狂暴性を発揮するんだ。たしか十年ほどまえにも、天竜川が氾濫《はんらん》して、川路村がそっくり水没したことがあったよ。開善寺は、丘の上だから助かったがね」

「そうですか、じゃ、この美しい伊那谷に住んでいる人たちにも、ぼくらに分らない苦労があるんですね。とにかく、蟬しぐれと、ゆうべのばら色の雲を見ただけで、ぼくは信州へきたかいがありましたよ」

「馬鹿を言え、これからが本番だ。で、今日のスケジュールは?」

「ゆうべ、タムラさんは泥酔してしまって、『南国土佐を後にして』ばかり歌って、寝床にころがりこんでしまったので、ぼくは開善寺に電話したんですよ。和尚さんが大変およろこびになってね、今夜、飯田の『富士千』に席をとったから、そこでお目にかかりたいと言うんです。昼間は檀家の法事で不在だけど、お寺を見においでになるんだったら、いつでもどうぞ、ということでした。ええと、それから、『富士千』には、めずらしいお客さまをお連れするから、それを愉しみに、ということでしたよ」

「へえー、めずらしいお客さまとね、飯田のバーのマダムかな？　まさか、満州開拓団の元団長じゃないだろうね。ま、いいや、じゃ、これから、開善寺の境内をブラついてから、江戸期の港町だった時又あたりで昼食をとり、飯田のホテルで風呂に入って、夜まで、一休みしようや」

午後六時。「富士千」へS君と行く。玄関口に、白い鼻緒の下駄。

「これ、お坊さんのだよ、もう来ておいでだ」

座敷に通る。しずかに微笑をうかべている橋本玄進師、そして、もうひとり。すごいべっぴん……

「やあ、庵主《あんじゅ》さん。よくいらっしゃいましたね、ぼく、タムラです。覚えていらっしゃいますか？」

「あなた、おぼえているかもないものです。和尚と、わたしの寺へ、お酒持参で、よく遊びにおいでになったくせに。おひさしゅう」

S君は、開善寺の坊さんと対し、ぼくは美人の尼さんと向いあう。では、乾杯（ふたたび、「不思議と命長らえて」という歌の文句が、ぼくの胸をよぎる）。

「酒は、喜久水と指名しておきましたからね」と坊さん。

「さきほど、お寺をおたずねしました。みなさん、お変りなく。大きな修養道場や立派な記念館ができちゃって、ちょっと戸惑いましたが、境内をゆっくり歩いていたら、昔のまんまだと実感されてきて、うれしかったですよ。S君と、四十四畳の大書院でひっくりかえって、ウイスキーをいただいてきました。裏庭は石庭になっちゃって、なんだかモダーンな感じがしちゃうな。山門のまえの煙草屋さんは、どこかへ移ったんですか、『新生』をつけで売ってくれましてね。それから、モズがアトリエに住んでいる老画伯。ああ、八十歳、お元気でうれしいですね。しかし、S君と書院の鉄斎の山岳図をながめていたら、なにもこの世は変っちゃいないことが分りましたよ。開善寺に来てほんとによかった。それに、庵主さんは、いつまでたってもべっぴんだし」

「タムラさん、すこし、おふとりになったようね」と庵主さん。

「老化現象ですよ。さ、グイグイ飲みましょう」
いつのまにか、S君がプレイヤーを運びこんでくると、ニヤニヤしながら、レコードをかけた――

南国土佐を　あとにして
都へ来てから　幾歳《いくとせ》ぞ
思い出します　故郷の友が
門出に歌った　よさこい節を
〃土佐の高知の　ハリマヤ橋で
坊さんかんざし　買うをみた〃

国の父《と》さん　室戸の沖で
くじら釣ったと　いう便り
わたしも負けずに　励んだあとで
歌うよ土佐の　よさこい節を

〃いうたら　いかんちゃ
おらんくの池にゃ
潮吹く魚が　泳ぎよる
よさこい　よさこい〃

（武政英策作詞「南国土佐を後にして」）

まぎれもなく、十三年まえのペギー葉山の声。お坊さんと庵主さんとS君とぼくの大合唱。喜久水がきいてきたぞ。そうだ、イギリスの探偵小説の翻訳ができて、開善寺をひきあげるとき、坊さんは飯田で送別会をしてくれたっけ。飯田は小京都、飲み屋が軒をつらねている。ぼくは坊さんと肩をくみ、「南国土佐を後にして」を歌いまくりながら、飲み屋を何軒もはしごして歩いたっけ。そして、やっとの思いで飯田線の最終電車にとびのって、ホッと一息ついたとたん、ぼくは自分がはいている下駄に気がついた――和尚の白い鼻緒！

＊

S君と信州から帰ってきて、鎌倉の谷戸の奥の小さな家で、ぼくがぼんやりしていたら、開善寺から小包がとどいた。家内がいそいそと包みをあけたら、お坊さんの最高のプレゼント――「総桐の白い鼻緒」。明日、S君に電話して、ペギー葉山の「南国土佐を後にして」を、開善寺と尼寺に送ってもらうんだ。なにがなんでもさ。

北海道——釧路

晩秋初冬である。その早朝、ぼくらの乗っている船は、アメリカ航路の最短コースにあたる貿易港に近づきつつある。快晴。客室の窓から見ているかぎりでは、北の風の冷たさはわからない。無数のカモメが、青い空と青い海を上下しながら、ぼくらを追う。なかには、窓の外をかすめながら、キャビンのなかをのぞいて行くカモメもいる。すでに、港が近いことを、純白のカモメたちが告げている。ぼくらが近づきつつある港は、北海道の東部に位置する一大漁港、そして巨大な輸出港でもある釧路《くしろ》である。

われらの船は、その名も「ましう丸」。東京—釧路間、一、一二〇キロメートルを、ノン・ストップで、三十時間で航行する九〇〇〇トンのフェリーである。

旅の同行者は、毎度おなじみの、一見青年風の四十男のS君。今年の春に、若狭の水を飲みに行って以来、S君とはくされ縁になって、夏は信州の禅寺の坊さんと酒をのみ、秋と冬の接点に、さいはての町で、カニとニシンとイカをたべようというコンタンである。それに、今回はわが老妻が同行した。家内がついて行くというので、S君は安心したらしく、(つまり、ぼくが乱酔しないだろうという、あさはかな想像力のはたらきで)以前にもまして、仏さまのような、おだやかな表情である。

とにかく、わが「ましう丸」は、三十時間かかって、東京港から釧路にたどりつくのだから、船中で二泊することになる。夜、十一時出港ということなので、新橋のホテルのロビーでS君と落ちあって、晴海埠頭の、もっと先にあるという東京港フェリー・ターミナルへ行くことになった。その夜の午後九時に、ホテルのロビーへ行けば、その地下にバーがあるにきまっているから、S君が来るまで、バーでウイスキーをのむことになる。わが愛妻はアルコールがだめだから、ポテト・チップスに水。やがてS君があらわれると、S君の後輩の青年が二人やってきた。二人とも武道の達人で、ひとりは大学時代ボクシングの選手で、もうひとりは、棒術の名人と、彼ら自身の口からきいている(もっとも、客観的な裏づけはないのだから、彼らの言葉だけを、目下のところ、鵜呑みにするしかない)。べつにS君のボディ・ガードというわけではなくて、われらの船出を祝ってくれるために、バーボン・ウイスキーを差入れかたがた、波止場までお見送りくださる由。さて、一行は、二台のタクシーに分乗して、あこがれのハワイ航路ならぬ、さいはて航路の夜霧の波止場へ。フェリー・ターミナルのビルにたどりつくと、いかにも、さいはて航路の波止場に似つかわしい、うら悲しい雰囲気で、しかも、なにやら殺気立っている。ビルというよりは、田舎のバスの終点のような二階屋で、バーはおろか、喫茶室もない。ガランとした待合室には、長いベンチがならんでいるだけで、昭和初頭の南米へ集団移民する人たちを思わせるような大家族のむれと、陸送の大型トラックの筋骨隆隆とした運転手さんが、（なかには手ぬぐいで鉢巻をしているオッさんもいる）右往左往している。やがて、フェリーが釧路からついて、乗客がドヤドヤとおりてくる。なかには顔面蒼白の婦人客もいて、わが青年たちの報告によると、その赤ん坊をしょった婦人は息もたえだえに、こんなセリフを吐いていたそうだ――「海が荒れて、あんまり船がゆれたもんだから、オッチヌかと思ったわナ」

出航までに一時間はたっぷりあるのだから、とにかく、船の中のバーで、みんなで一杯やろうよ、ということになったが、見送人はご遠慮くださいというお達しで、武者修行中の二人の青年は乗船できない。これが、あこがれのハワイ航路なら、見送人ともども、船内の優雅なバーに入って、バッハかモーツァルトのバック・グラウンド・ミュージックをききながら、美しい婦人客やウエイトレス、スマートなウエイターにスコッチをサーブしてもらって、ロマンチックな別れの乾杯ができようというのに、そこはそれ、うら悲しきさいはて航路なので、若き武者修行者たちは、鳩が豆鉄砲を喰ったような顔をして、出航のドラの音《ね》もきかずに、コソコソと帰ってしまった。

＊

船は、一時間おくれて、零時出航。キャビンは二段ベッド。小さなテーブルと、洗面台。S君はとなりの部屋。数隻の小船にひかれて、わが「ましう丸」は波止場をはなれると、夜の東京湾を前進微速。色とりどりのイルミネーションの洪水が、京浜地帯から千葉あたりにかけてきらめいている。S君と家内は、防寒コートに身をかためて、デッキに出て、夜景にうっとり。ぼくはキャビンに残って、若き武者修行者たち差入れの「アーリー・タイムズ」で、孤独な乾杯。それでも、サカナは、窓から見える東京湾の赤い光にかがやくパイロット・ブイ。

翌朝（第二日目）。快晴。波しずか。三人で食堂に行く。はるか左手に、陸地の影。「もう仙台あたりかしら」などと家内がつぶやく。ぼくとS君はビールとハム・エッグス。家内は和食定食をパクパク。キャビンにひきあげてくると、アナウンス――

「左手に見えますのが、千葉県の有名な犬吠埼《いぬぼうざき》燈台でございます」家内、びっくり仰天。「一晩中、走っていたというのに、まだ千葉県なの。日本って、大きいのねえ。それにしても、この船、どのくらいのスピードで走ってるのかしら。自転車よりおそいみたいよ」

　午後は、船の中の銭湯（無料）に行く。「ましう湯」というのれんがかかっている。けっこう広い。ぼく一人。大きな円形の浴槽に入っていると、船のゆれにつれて、お湯もゆれる。これで、海が荒れていたら、どういうことになるのだろう？　午後は昼寝。S君も、家内も、ねむりこけているらしい。その間にも、わが「ましう丸」は、日本列島の上半身（？）を忠実に鹿島灘を北上しつづけている。夕食は、ビールとビーフ・シチュー。老妻はお刺身定食。キャビンにもどって、「アーリー・タイムズ」。氷はボーイがもってきてくれる。午後四時、やっと金華山沖。夜、七時、釜石あたり無数のイカ船の灯。その美しさは形容のほかだ。やがて三陸沖へ。家内とS君は、ベッドにひっくりかえりどおし。ぼくの親友は「アーリー・タイムズ」だけ。しようがないから、ときどき、独り言をつぶやく。なにをつぶやいたのか、いまは忘れた。

　夜明けだ（午前六時）。ぼくは左舷をまわって、右舷のデッキに出る。左舷には、北港道の襟裳《えりも》岬《さき》の淡い影。右舷の水平線から太陽がのぼってくる。第三日目も快晴。

四面波しずか。どうしたって、神さまに感謝したくなる。食堂があくのをまちかねて、ビールを注文すると、この朝は定食オンリー。そこでスナックへ行って、ビールをたのむと、アルコール類は、夜七時からです、と厳粛に宣告される。マジメ・フェリーである。すごすごキャビンにひきかえして、「アーリー・タイムズ」。若き武者修行者たちが差入れしてくれなかったら、はたしてぼくの運命はどうなっていたかわからない。船内の売店にも、アルコール類はおいてないのだからね。ふたたび云う、大マジメのコンコンチキ・フェリー。

＊

釧路港。午前九時着。思ったより寒くない。幕末には、松前藩の漁場でクスリとよばれていた。明治政府になって、明治二十三年に、特別輸出港に指定され、その十年後二十世紀に入って、釧路港となり、鱈《たら》、サケ、マス、カニ、イカなど、北洋漁業の巨大な基地になると同時に、漁獲の加工、パルプ関係の製紙、製材、罐詰製造、物産の集散市場といった工業と商業の大港湾都市に発展したのだ。

わが「ましう丸」からおりて、タクシーを待っていると、九〇〇〇トンのフェリーのおなかがポッカリ口をあけると、出てくるわ、出てくるわ、各種各様の超大型のトラック。コンクリート・ミキサー車、パルプ運搬車、築地の魚市場を往復している冷蔵庫つきの魚介類運搬車……。なんだい、「ましう丸」のほんとうのお客さまは、超大型トラックで、ぼくたち人間は、ほんのサシミのつまというわけか。どうりで、アルコール類のサービスがわるかったよ。トラックが飲むのは、ハイオクタンのガソリンで、ウイスキーじゃないからな。

市の中心部のホテルに投宿。シングルを三つたのんだが、新しいホテルなので気持がいい。シングル・ルームなのに、部屋の広さはたっぷりしていて、ダブル・ベッドに、余分にソファ・ベッドまでついている。そうと知っていれば、ぼくら三人で、シングル・ルーム一室でよかったのに。

入浴。軽い食事をして、三人で街に出てみることにする。人口二十万の活気のある都市で、街路がひろびろしている。名古屋を小型にしたような感じ。コートもいらない暖かさ。とにかく、行きあたりばったりにバスに乗ることにする。三年まえに、家内とハワイでぶらぶらしていたとき、その伝でバスに乗って、島中を走りまわったことがある。観光バスやタクシーだと、料金ばかり高くて、土地の匂いを嗅ぐことができない。バスを乗り降りする土地の人のお喋りや身のこなしや持ち物などを眺めていると、いろいろなことがわかるからね。ぼくたちが偶然乗ったバスは厚岸《あつけし》（厚岸は、アイヌの最古の都）行。根室本線に沿った国道を走っているらしい。

「終点まで三人」体格のいい女性の車掌さんに、S君が声をかけると、

「千五百円いただきます」

「おい、ちょっと待ってくれよ、バスで、一人五百円だとすると、終点についたら、日が暮れちゃって、とても今日中には釧路に帰ってこられないよ。S君、三人で五百円くらいのところで、おろしてもらおうや」

女車掌さんが運転手となにか相談してから、ぼくたちのところへ引っかえしてくると、

「じゃ、ベッポあたりはいかがでしょう」

バスは、釧路の市中をぬけて、パルプ置場や小さな製材工場がゴタゴタならんでいる殺風景な湿地帯を走りつづける。そして、最近、造成されたばかりといった感じのベッドタウンらしき新興住宅地と雑草のおいしげっている野原と沼沢地をすぎると、やっとひくい山波があらわれてきて、その雑木林の木の葉の色に、ぼくたちは、北海道の色をはじめて見た。

「お客さん、別保《べっぽ》ですよ」

ぼくたちはあわてて、バス停でおりる。そして、あたりを見まわすと、なーんにも

ない。昔の万屋《よろずや》が、昨日マーケットになりましたといったような店と、村役場と、母屋がついている交番。そして国道には、パルプを満載した大型トラックが、根室―釧路間をひっきりなしに往復している。ぼくたちは、その轟音《ごうおん》と小さな寒村におそれをなして、寒駅のプラットフォームの上にかかっている陸橋をこえて、小さな寺の中に逃げこんだ。三人で、雑草の上に腰をおろして、近くの枯葉色の雑木山や、青空にポカンと浮んでいる白い雲をながめながら、煙草を吸った。

「どういうわけで、ぼくたちはここにいるんだね」

「さあ、どうしてでしょうね」とS君。

イナゴが、ぼくたちの足もとをハネまわっている。家内は、三十二時間の船旅で、まだ大地がゆれているらしく虚脱した顔。

「なんだかタソガレてきたぜ。釧路にひきかえして、いきのいいサカナでもたべようよ。そうすりゃあ、元気が出るよ」

ぼくたちは、開拓時代のおもかげをのこしている緑色の腰折《こしお》れ屋根と白い壁の民家のあいだをぬって、ふたたびバス停へ。時間表をみると、まだ小一時間ある。郵便局の中に入って、椅子に腰かけようかとも思ったが、三人組の強盗とまちがえられそうなので、局のまえのコンクリートの石段に腰をおろす。五分もすわっていないのに、オシリの冷えかたのすさまじいこと。やっぱり、ここは北海道だよ。酒屋の自動販売機に、ホカホカのポッカ・コーヒーというのがあったので、三人、胴ぶるいしながら、ポッカ・コーヒーをのむ。レモンが一〇〇パーセント入っていないポッカ・レモンということで一世を風靡《ふうび》した、あのポッカだから、衛生無害で、かえってからだにいいかもしれないや。そういえば、ここはベッポだ。東京に帰ったら、ベッポ旅行を大いに宣伝してやろう。ベッポを見ずに、北海道を語るなかれ。そそっかしいやつは、ベップとまちがえて、温泉があって、美女がいて、山海の珍味があるものと、早トチリするかもしれないぜ。かの若き武芸者たちには、ぜひすすめてやらなくちゃ。湯上りの、ポッカというビールの味は、ちょっと内地じゃ味わえないよ、ってね、あの連中のことだ、マにうけて、ボクシングと棒術が、サラ金で旅費をつくって、ホイサ、ホイサとやってくるにきまっている。そのときの二人の顔が見たいもんだねえ。そんな馬鹿話をしているうちに、バスがきて、もと来た道を逆もどり。

夜は、市中の栄町という繁華街にくり出して、「炉端」という店に入る。北洋のサカナ専門。店ぜんたいが、屋号そのまま炉端になっていて、炭火だけで料理する、自然の味そのままのホタテ、カキ、イカ、シシャモを、三人でガツガツたべる。カキには、北洋の海水の塩分がそのまま味つけになっていて、ツルツル、ぼくらののどをおりて行く。ぼくらのとなりに若いカップルが坐っていて、とくに、その女性の食欲のすさまじさ。ホタテ、カキ、イカの丸焼きをペロリとたいらげてから、大きなニシンを一匹、あっさり片づけた。

「ちょっと食べすぎますよ、あのミニスカートの女の子は。なんだか絶望的になっちゃったな」店から出ると、ネオンのきらめく夜の盛り場をあるきながら、S君がブツブツ云っている。家内は、毛ガニやタラバガニを立売りしているオバさんたちの屋台のまわりをウロウロ。とにかく、とにもかくにも、「ましう丸」の疲れがドッと出て、その夜は早々にホテルにひきあげて、三人ともバタンキュー。

　午前六時に目がさめる。昨夜、九時に寝てしまったのだから、九時間熟睡したことになる。アルコールは抜けた。すこぶる快適。カーテンをあけて、釧路の街を見る。一面のガス。乳色の霧状のガスが一面に流れていて、街は幻のようだ。バスに入り、煙草をふかし、釧路新聞を読み、お茶をのみ、またベッドにひっくりかえって、S君と家内が起きてくるのを待つ。今日は、午後二時二十五分発の函館行特急「おおぞら」3号で札幌に行く。こんどの旅の大きな狙いは、この汽車旅行にある。札幌着が午後八時五分だから、約六時間。十勝《とかち》平野を横断し、大雪山系を迂回して、石狩平野へ南下して行くのだから、ちょっとした「大陸横断列車」である。

午前八時。S君と家内がさわやかな顔をして、ぼくの部屋にあつまってくると、窓の外の乳色のガスは、きれいに晴れあがって、青空。窓をあける。

「北海道って、ずいぶん暖かいのね」と家内が云う。このひとは、ときどき奇妙なことを口走るので、馴れてない人は、いいいれんびんの目でぼくの顔を見る。

「天候異変だと、今朝の新聞が書いているよ。いつもなら、雪と氷の世界だそうだ」

S君に、ぼくは聞えよがしに説明する。

＊

ぼくらの車は、根釧原野の湿地帯を縦断している国道ハイウエイを疾走している。この国道を北上すれば、まりもで名高い阿寒湖に至る。釧路の市街地をぬけて、釧路川をわたり、河口と港湾一帯は、大製紙工場の、モクモク白煙を吐きつづけている巨大な煙突群、パルプを満載した貨車の引込み線。その工場地帯を抜けたかと思うと、見渡すかぎりの大原野。

「ああ、やっと北海道だわ。ホテルのまわりといったら、渋谷や池袋とちっとも変らないし、民家だって新建材のプレハブばかりでしょう。小さな田舎町といえば、ベッポ。工場地帯は川崎そっくり。ああ、安心した」と、家内が叫んだ。

「ところがお客さん、ここは不毛の地でしてね、作物はいっさい駄目。はえるのは葦《あし》ばかりですよ。低地で、水がジワジワとたまるんです」と中年の運転手さんが説明する。

「でも、ホラ、牧場よ、あ、馬がいる、仔牛もいるわ」

「そうさね、北海道の牧場の規模から云ったら、数にも入りませんよ。クローバーが、チョロチョロはえてますが、あれだって、土盛りをして、やっとあれまでになったんです」

「あら、あのお城みたいな家、なんなの？」

「いま、はやりのモーテルですよ、牧場が駄目なら、モーテルがアルデョ、というわけでしてね。このさきにだって、十軒ぐらいありますよ」

「こんな淋しいところへ、お客さんがよくあるわね」

「そりゃあもう、大繁昌でさあ。栄町という盛り場がひかえてますもの。ホステスの数だって、たいへんなもんですよ。せんだっても、六十五ぐらいのジイさまと、六十ぐらいのバーさまを、わたしの車で送りこんだことがありましたけどね」

「老夫婦？」

「それが、話の様子じゃ初対面らしいんで」

「まあ、釧路の人たちって、ずいぶん元気なのね。Sさんもタムラ君も、しっかりしてちょうだいよ」

「ニシンのせいですよ、これはきっと」とS君。

釧路湿原。ミズナラの森をすぎて、道は急カーブをえがきながら国道を登りつめると、一望千里の葦原。裸木がところどころに、まるで人骨のように孤立している。

「ここが丹頂鶴自然公園でしてね。釧路川の右岸一帯に、丹頂鶴の生息地が二十数カ所もあるんですよ。ま、夏のあいだだけですがね。ちかごろは、拓殖計画がすすめられているんで、鶴の棲み家も少なくなってしまったといわれてます。あと、二週間もすると、この湿原地帯も、クッチャロ川、ツルワツナイ川、みんな、カチンカチンに凍結してしまうんですよ」運転手さんの名調子。

「やっぱり外国だわ、この景色を見るとね。二十時間もジェット機に乗って、やってきたみたい」

空の色も、すでに透明な冬の光だ。ぼくらは、アラスカの原野に立っている感じ。この荒涼感は、日本のものではない。S君がクシャミをした。ぼくがふりかえると、「子どものときから、ぼくは感動すると、クシャミをするくせがあるんですよ」とS君。

「なんでも一億年まえは、このあたりは海底だったそうですよ。いまでも、貝殻がたくさん出てきますからね。葦みたいに見える草も、じつは海藻なんだ、って云う人もいるくらいで。それで、あのウネウネしている川まで、卵を産みに鮭があがってくれるのかもしれません」と運転手さん。

＊

午後二時二十五分発函館行特別急行。車内はガラ空き。釧路から十勝川の河口の手前の厚内《あつない》まで、太平洋の岸辺を、特急は疾走する。右手はなだらかな丘陵地帯で、そのふもとに、腰折れ屋根の農家や牧舎が点在している。左手は、せまい砂浜と、エメラルド・グリーンの海。淡い、それでいて明るいグリーン。沖のほうに、小さな漁船が波にもまれながら、ただ一隻、航行している。岸辺には、人影はまったくない。痩《や》せた裸木が風浪にさらされて、白骨のように打ちあげられている。小さな河口には、千羽のカモメが羽をやすめている。白糠《しらぬか》、音別《おんべつ》という駅をすぎる。エメラルド・グリーンの海はつづく――

「このつぎの厚内という町で、海ともお別れですね」S君が地図を見ながら教えてくれる。

「地名のほとんどがアイヌ語なんだから、原義がわかったら、もっと愉《たの》しいだろうね」

「別《ベツ》と内《ナイ》だけは、ぼく、知ってるんですよ。アイヌ語の『ペッ』が『別』になったそうで、大きな川を意味するんです。『ナイ』は小さな川のことですって」

「へえ、こいつは驚いた。見かけによらず、S君は学があるんだな」

「じつは、ホテルのロビーのパンフレットで、読んだんですよ。ほら、これです」

S君がポケットからとり出したパンフレットによると――

網走　ア・パ・シリ（われらの見つけた地）
歌志内　オタ・ウシ・ナイ（砂原の多い川）
江差　エサシ（岬）
小樽　オタルナイ（砂浜に流れ出した川）
神居古譚《かむいこたん》　カムイ・コタン（魔神の住む里）
札幌　サリ・ポロ・ペッ（広大な野原をもつ河）
積丹《しゃこたん》　サク・コタン（夏の村）
室蘭《むろらん》　モ・ルエラン（小さな坂道）
稚内《わっかない》　ヤム・ワッカ・ナイ（冷たい飲み水のある川）

「なるほどね。それにしても、かの有名なベッポ（別保）が入っていないのはけしからんな。あの『別』も、河に縁があるわけだ。よし、札幌へ行ったら『カムイ・コタン』（タムラ訳・魔女村）で飲もうじゃないか。釧路では、疲れすぎて、『カムイ・コタン』をおとずれる元気がなかったからね」

「ハイ、ハイ」とS君。

「それにしても、このエメラルド・グリーンの海は、見あきないね。もうすぐ厚内でしょう。いよいよ、この海ともお別れか。せめて今生の思い出に、鯨でも泳いでいないかな」

「あッ、いますよ、クジラです、クジラ！」

「ど、どこ？」

「ほら、岸から一〇〇メートルのところ、まっ黒なやつ、ぼくたちと平行して泳いでいる」

「オイ、鯨だゾ！　見えるか？」と、前のシートに坐っている家内に声をかける。

「わかった！　わかったわヨ！　ほんと、クジラ！　いま沈んで、あ、また大きく浮びあがった。この汽車といっしょに泳いでいる！」

　エメラルド・グリーンの海面に、白い波しぶきをあげて、まっ黒な楕円形の動物が泳いでいる。三人は、思わず歓声をあげた！　と、そのまま特急は、海岸線から右折して、なだらかな丘陵地帯に入り、やがて厚内の駅を通過する。

厚内から十勝平野に至る二時間の風景もまた、この世のものとは思えない光と色彩と形象にあふれていた。沿線には、低い山々がせまっているが、いずれも北海道東部特有の樹木におおわれていて、秋の最後の色にかがやいている。針葉樹の山また山、エゾマツ、トドマツ、アカエゾマツ。その、イエローとグリーンも、何段階にもわかれていて、おそらく大画家の眼で見たら、何十色にもなるだろう。それらの色彩が複合と分離をくりかえしながら、さいはての冬をむかえる寸前の、強靱《きょうじん》で透明で、しかも、どこかやさしさをひそめた光の角度によって、無限にアクセントを変えて行く。そしてまた、ところどころに、葉をおとしたカラマツ林の抽象的な森と林。それに白樺の一群落が、まるで句読点のような働きをしめしながら、広葉樹の谷間へぼくらの視線をみちびいて行く——ナラ、ミズナラ、ニレ、大きな朽葉をユラユラとつけているカシワ……そして、点々と、朱、赤、ピンク、紫、ブルーの、小さな、小さな木の実が、パイロット・ランプのように無言で光っているではないか。

突然、大きな空間がひらける。十勝平野。

「おい、大農場だ」

釧路の湿原と痩地《やせち》ばかり見てきたぼくたちの目には、ジャガイモ、トーモロコシの黒い土が、じつに新鮮にうつる。

「アメリカの中西部といった感じですね。まさに穀倉地帯ですよ。それに、ほら、大牧場まである。すごい広さですね。白いサイロと赤い屋根の牧舎、それに干し草の山」

S君もうっとりしながら呟く。

「いま、過ぎた小さな駅、十弗と書いてあったわ。なんて読むのかしら。十ドルかもしれないわね。明治の初期に、アメリカの宣教師がやってきて、十ドルで、豊かな土地を何エーカーも買ったのかもしれなくてよ」

「残念でした。あれはトオフッと読むんです」S君は地図を見ながら教えてくれる。

十勝平野の中心、帯広を過ぎると、夕闇がせまってきた。はるか前方に、大雪山系の雪をいただいた山々の偉容――十勝岳、旭岳《あさひだけ》、富良野岳《ふらのだけ》……そして、アッというまに広大な極北の冷たい闇にのみこまれてしまった。おやすみ、鯨くん、大雪山の山々……

＊

札幌駅まえのビルの電光掲示板――8時10分　アスハ　ニシノカゼ　アメ　カゼツヨクナル

「タムラさん、いくらお天気男でも、サッポロでは通用しそうもありませんね」

S君がニヤニヤしながら、電光できらめいている天気予報を指さす。

「なあに、天気予報なんか、あてになるものか。さ、いそいでホテルに行かなくちゃ。九時に、ぼくの友人がロビーにやってくるんだ」

午後九時きっかり。二人の友人がロビーにあらわれた。一人は詩人で、S医大の教授。整形外科の名手で、北欧やアメリカをとびまわって、碧眼紅毛のドクターたちに、レクチャーをしている。もう一人は、北大の教師で、ドストエフスキー研究に血道をあげている少壮学徒。小さな子供が六人もいるくせに、シベリアの曠野《こうや》で、ひとり、朽ち果てたいというのが、彼の念願である。

詩人は、根っからのサッポロっ子で、ぼくは北海道で、さんざんお世話になっている。十五年まえに、彼の家に半月ころがりこんで、探偵小説の翻訳などをしていた。また十年まえには、前妻がお産をするので、彼の大学付属病院のお世話になった。そして、詩人と会うのは、それ以来はじめてである。

ドストエフスキー気ちがいとは、家内の叔母の方の関係で知りあいになって、六年まえ、彼が東大の大学院にいたころ、赤貧洗うなかを、ぼくがアメリカの大学へ行くというので、新品の皮靴をプレゼントしてくれた学究である（当時ぼくも赤貧の結晶で、運動靴しかなかった）。

「せっかくだから、今夜は薄野《すすきの》へでも、みなさんをご案内しようと思ったんですがね、あいにく日曜なんで、みんな、やっていないんですよ。よかったら、ぼくの家へ来ませんか。家内もひさしぶりで会いたがっているし」

サッポロの「カムイ・コタン」が、日曜日でお休みとあってはしかたがない。タクシー二台に分乗して、南十六西十四のK氏邸へ――

奥さんと文鳥が仲よく住んでいる詩人の屋敷も、十年ぶりである。むろん、わが老妻は初対面。詩人の奥さんは、一瞬、あっけにとられた顔をしたが、そこは、詩人の奥方である。S君もドストエフスキーも、ウイスキーと、石狩の鮭のサシミ（？）で、すっかりご酩酊。バック・グラウンド・ミュージックは、詩人作詞による札幌冬期オリンピックの歌『虹と雪のバラード』（河邨文一郎作詞）。

〽虹の地平を歩み出て
影たちが近づく手をとりあって
町ができる　美しい町が
あふれる旗　叫び　そして唄
ぼくらは呼ぶ　あふれる夢に
あの星たちのあいだに眠っている
北の空に
きみの名を呼ぶ　オリンピックと

午前二時まで、大合唱がつづく――

＊

朝方は雨だったが、やがて雲は切れて、青空。S君、ま、風呂にでもゆっくりつかって、二日酔の頭がスッキリしたら、サッポロの大きな空をながめてくれないか。タムラ君のあるところ、つねに太陽はあるのデス。

なにも、昨夜のオリンピックの大合唱につられたわけではないが、テイネ・オリンピア・スキー場の夢のあとをたどって、石狩平野を眺めてみようじゃないか、ということになって、ぼくらは手稲山へ——

オリンピックのおかげで、小樽—札幌間のハイウエイをはじめとして、どの道路も完全舗装。十年まえの面影はまったくない。街路樹も、釧路とはうって変って、豊かでのびのびとしている。ところどころに、ポプラ並木。

標高一、〇二四メートルの手稲山をのぼりつめると、雪を待つスキー・リフト。その山小屋のベランダから、ぼくらは石狩平野を見る。雲の行足、早し。雲の影が、石狩平野に、さまざまな形を投影しながら、通りすぎる。

「あの海、鯨がいた太平洋?」

はるか彼方に光っている海をさしながら、スットンキョウな声を、老妻があげた。

「あれは日本海ですね。あの海岸が銭函《ぜにばこ》という有名な海水浴場で、夏は札幌のひとたちが泳ぎに行くそうですよ」とS君。

「じゃ、こんどの旅で、太平洋と日本海が見られたってわけね。これで、太平洋も、同時に見られたら、最高なんだけどナア」

「いくら日本が小さいからって、手稲山からじゃ無理ですよ」とS君は苦笑している。

薄野にひきかえして、昼食にカニ料理。たべた、たべた、タラバガニ。カニの姿焼き、天ぷら、そしてカニのおかゆ。

ぼくらの車は走った、走った、札幌から支笏湖《しこつこ》に至るオリンピック・ハイウエイ。全山、深い秋色につつまれて、ところどころに燃えるような赤。標高八二九メートルのイチャンコッペ山を迂回しながら、ハイウエイをのぼりつめて行くと、突然、雪！ワイパーが動き出す。雪というより、氷雨。パチン、パチンと、フロント・グラスにぶつかる音。と、すごい風の音、まっ赤な西陽がパッとさし出して、木々の葉の色が、カメレオンのように、刻一刻と変る。S君、サングラスをかけたり、はずしたり……

右手に恵庭岳《えにわだけ》の偉容が見えてくる。標高一、三二〇メートル。頂上に残雪。

「あら、雪のところから、煙が出ている！」と指さす老妻。

「活火山ですからね」とS君。

やがて前面がひらけて、支笏湖の青、深い青。そのむこうに風不死岳（一、一〇三）、さらに、その奥、ななめむこうに樽型のドーム、樽前山（一、〇二四）。

車は湖畔にそって、紋別岳（八六六）の裾《すそ》をうねりながら、船着場まで。

ぼくらは、山小屋風の茶店に入って、青い湖をながめた。あわただしい雲の去来、燃えるような夕陽が、とぎれとぎれに、つまり、紫色の雲やバラ色の雲に、ときおりさえぎられながら、美笛峠の彼方に落ちて行く。

「この湖水の深さは、日本で一、二を競うと聞いていますがね。死体が絶対にあがってこないって話です。湖底には藻の大森林があるとかで――」若い運転手さんが説明してくれる。

「ネス湖の怪獣が、だしぬけに、この湖水から姿をあらわしたって、不思議じゃない気がしてきますね」と、S君がポツンと云う。

夕闇とともに、湖水の青は、ダーク・ブルーに、そして、謎めいたダーク・ブラックに。と、月の光。満月。ふたたび、青の湖水が復活する。

「S君。ぼくたちが乗る今夜の東京行の飛行機は、満月の下を飛ぶんだよ。月光にきらめく日本列島の上半身でも、ゆっくり拝見しようじゃないか」

参考文献　北海道―最新旅行案内(1)日本交通公社／北海道―新篇日本の旅(1)小学館

奥津

去年（昭和四十九年）の暮、黒狐から電話がかかってきた。黒狐というのは、一昨年の秋、「赤い夕陽」を見に行きませんか、とぼくの無知につけこんで、鎌倉の谷戸の奥からぼくをひきずり出し、インド中を歩きまわらせたうえに、おめあてのケープ・コモリンの世界的夕陽を、ぼくに見せてくれなかった、、、、、インド狂の青年のニックネームである。もっとも、インドの最南端、インド洋とアラビア海とベンガル湾の海が合流する一点——ケープ・コモリンの赤い夕陽が見られなかったのは、黒狐の意思を超えた気象学的問題であって、黒狐はそれほど底意地の悪い青年ではない。それがなによりの証拠には、電話線の彼方から、あかるい言葉がひびいてくる——

「お正月に温泉にでもつかりませんか」

「こんどはアフリカの温泉かい」

「ご冗談を。岡山の奥に、とてもいい湯があるんです。宿は、ぼくの知りあいでね、その家の女中さんのマナーは日本一という定評があるくらいです。どうです、奥さんとご一緒に。たまには奥さんをいたわってあげなくちゃ」

「つまり、こんどは、純日本的情緒を味わえっていうんだな」

「そうです、そのとおりです。老夫婦がひっそりと山の湯のかおりを味わいながら、こしかたの激烈な文化闘争を回顧するなんて趣向はいかがなもんでしょう」

「ほんとに、アフリカやニューギニアの温泉じゃないんだな」

「赤い夕陽」の苦いような甘いような経験があるので、あくまでぼくは懐疑的精神に燃えている。

「またそんな。それに、奥さんをお誘いしているんですもの、いくらぼくだっていい加減なことは言いませんよ」

「じゃ、きみも一緒に行くんだね」

「やだな、タムラさん、だれが老夫婦のおともをして、山の湯につかりに行くものですか。それに、じつは、その――、申しおくれましたが、昨年の秋、ぼく、結婚したんです。ええ、式はほんの内輪だけで。それで、大晦日に、ワイフとスペインへ行くんですよ」

　ぼくは受話器をにぎったまま、一瞬、ポカンとした。黒狐め、また一杯くわせやがって。たしか、インド中部の古都、ハイデラバードの燃えるような夕焼けをながめながら、ぼくらがホテルのテラスで、ボルドーのワインを飲んでいたときだ、「ねえ、黒狐、きみもそろそろ身をかためたほうがいいんじゃないかい」「身をかためる？」「いいひとがいたら、結婚しなさいよ、って言ってるんだよ」「ご、ご冗談を！」「だって、きみの目つきは、ただごとじゃないよ。昼間、ラクダに乗って町をひとまわりまわったとき、インド美人のヒップのあたりを追うきみの目線は、尋常じゃなかったもの」「そういうタムラさんだって、キョロキョロしてたじゃありませんか。年がいもなくさ、イロキチ！」「ぼくの場合は、ホルモン体操の一種で、健康にいいんだ。いくらきみが黒狐だって、白狸のような恋人はいるだろうに」「そりゃあ、半ダースくらいのガール・フレンドはいますけどね。だけど、ぼく、結婚なんて、絶対にしませんよ。老けこんじゃうもの。それに、ぼくにはやりたい仕事が山ほどあるんです。ボーイズ・ビイ・アンビシャス！　というぼくのオヤジのころの格言が、ぼくのしなやかな肉体のなかで生きているんですよ。だれが結婚なんか！　ホレ！　タムラさん、この、ぼくの肉体のしなやかさ」。黒狐はやにわに椅子から立ち上ると、まっ赤な夕焼けの下で、上半身裸体になると、ヨガともつかぬ珍妙な体操を、ホイホイと叫び声をあげながら実演してくれたっけ……

「あ、そう。じゃ、せっかくのご好意だから、老妻と、岡山の奥にある山の湯につかってくるよ。スペインから帰ってきたら、花嫁さんをつれて、ぼくの家へあそびにおいで。インドのヨガ体操の話はしないからね。ボーイズ・ビイ・アンビシャス！」

＊

一月五日。快晴。家内と午前十時十五分の「ひかり」で岡山にむかう。家内は、新幹線に乗るのは万博以来である。ぼくが、ある展示館の仕事を手伝って、その仕事の落成祝いに招かれたとき、家内もついてきた。そして、ぼくは生れてはじめて新幹線に乗ったのである。大阪の宴会の席上で、酔いにまかせて、会社のエラい人たちに、ぼくがそう言ったら、みんなから変な顔をされた。新幹線ができてから五年たっていたんだからね。その帰り、この日も、万博の直前だったから、二月の厳寒で、大津のホテルに泊ったら、家内はたちまち風邪をひいて、二日間、寝っぱなしだった。十一時半になったので、食堂車へ。あたらしくできた食堂車は、ビュッフェとちがって、ゆとりがある。なかなか快適。ただし、右側は壁面になっているから、車窓の風景は左側だけ（むろん、上りは、その逆になる）。ハムサラダと黒パンとビール。家内がいないと、ただちに金色のウィスキーということになるのだが、この点、老妻を同伴すると、すこぶる健康的である。沼津あたりにさしかかると、車内アナウンス——「ただいま、富士山が見えてまいりました。今日のような美しい富士山は、われわれ乗務員にとっても、なかなかお目にかかれません。ゆっくりと、ご覧ください」と男性的なバス。

家内はあわてて食堂車からとび出すと、北側（進行方向の右側）の細い廊下に出て行った。ぼくはビール。

「すごいわ！　あなたも見てらっしゃいな、ほんとに美しいから！」ものの二、三分もしないうちに、家内はテーブルにひきかえしてくると、興奮して叫んだ。

ぼくもあわてて廊下に出る。厳冬の、透明で、しかも深味のある青を背にして、雪をいただいた富士の全容が、そこにある。新幹線の、時速二〇〇キロのスピードも感じさせない重量感。富士の左肩からなだらかな裾野にかけて、剃刀でそいだようなシャープな線、それと対比的に、右肩からなだらかに流れながら、小さな突起物をしたがえて、ゆったりと落ちこんで行く女性的な裾野。山肌は、チョコレート色。雪渓がふかいたて皺をきざみつけながら、新鮮で、奥行のある立体感をかもし出す。山頂から五合目あたりまで、純白。山頂のまうえに、ポッカリ浮いているちいさな綿雲。

「今日のような美しい富士山は、われわれ乗務員にとっても、なかなかお目にかかれません」とアナウンスした男性的なバスが、ぼくの胸の中でよみがえる。ときは一月五日。正午の富士。この富士山を見ることができただけでも、ぼくは黒狐に感謝しなければなるまい。それにしても黒狐め、いまごろは夜のバルセロナで、花嫁さんとダンスでもしているんだろう。富士の姿が視界から消えたとたん、たちまち、ぼくは妄想のとりことなる。テーブルでは、わが老妻は、無邪気な顔をして、海老フライ定食をパクパク。

＊

岡山から津山線に乗る。津山まで約一時間三十分。備前平野を、旭川とともに北上して、鳥取の境界ちかくまで至る沿線は、冬とはいえ、ゆたかな樹木と土壌を展開する。春秋の美しさは、冬枯れの山野をながめていても、容易に想像される。ところに、白桃、ブドウ畠。民家の色調がおちついていて、昔の日本のよさをしのばせる。材質もいいのだ。檜と杉の、まろみをおびた山々。安手の、けばけばしい色は、どこにもない。戦時中、谷崎潤一郎が、疎開先に、美作《みまさか》をえらんだ理由が、充分納得できる。土、樹木、気候、魚、果実、肉、米、それに村落や町のおちつき。この地方は、関ヶ原、幕末、太平洋戦争を通じて、ただの一度も、戦火にまみれたことがないという。よし、第三次世界大戦の疎開先は、岡山の美作ときめたぞ。それに地震がない。海は、鳥取側の松葉ガニの日本海と、備前平野のまんまえは、奈良朝以来の魚の宝庫瀬戸内である。戦争中、物資の欠乏で、日本人の九〇パーセントが栄養失調になっていたのに、ひとり谷崎潤一郎だけは、血色のいい顔をテラテラさせていたというではないか。岡山の土は、備前焼をつくり、白桃をはぐくむ。鳥取側に近づけば、日本海の松葉ガニとともに、京美人の原型がドッとおしよせるという仕組なのである。一昨年の初夏、日本海の隠岐へ旅したおかげで、美人の本場と、そのルートはちゃんとたしかめてあるのだ。そんなことを、胸中、ひとり呟いていると、老妻は夢中で車窓に見入っている。彼女の父方の祖母が岡山で、小学生のとき、養女になった家が美作なのである。

ちなみに、永井荷風の「断腸亭日乗　第二十九巻」（昭和二十年）に、美作の勝山に疎開中の谷崎潤一郎を訪ねるくだりがある。格調の高い文章から、おのずと、岡山から旭川の上流の美作にいたる内的な雰囲気がただよってくる。以下、引用する。説明するまでもないが、この日は、敗戦の二日まえである。

「八月十三日、（中略）午後一時半頃勝山に着し直に谷崎君の寓舎を訪ふ、駅を去ること僅に二三町ばかりなり、戦前は料理店なりしと云、離れ屋の二階二間を書斎となし階下には親戚の家族も多く頗雑遝の様子なり、初めて細君に紹介せらる、年の頃三十四五歟、痩立の美人なり、佃煮むすびを馳走せらる、一浴して後谷崎君に導かれ三軒先なる赤岩といふ旅舎に至る、谷崎君のはなしに谷川べりの好き旅宿に案内するつもりなりしが独逸人収容所になりて如何ともしがし《(ママ)》と、余が来路車中にて見たりし洋人は思ふに独逸人なりしなるべし、やがて夕飯を喫す、白米は谷崎君方より届けしものと云ふ、膳に豆腐汁、町の川にて取りしと云ふ小魚三尾、胡瓜もみあり、目下容易には口にしがたき珍味なり、食後谷崎君の居室に行き閑話十時に至る、帰り来つて寝に就く、岡山の如く蛙声を聞かず、蚊も蚤も少し、

八月十四日、晴、朝七時谷崎君来り東道して町を歩む、二三町にして橋に至る、渓流の眺望岡山後楽園のあたりにて見たるものに似たり、後に人に聞くにこれ岡山を流るゝ旭川の上流なりと、其水色山影の相似たるや盖し怪しむに及ばざるなり、正午招がれて谷崎君の客舎に至り午飯を恵まる、小豆餅米にて作りし東京風の赤飯なり、(中略) 燈刻谷崎氏方より使の人来り津山の町より牛肉を買ひたればすぐにお出ありたしと言ふ、急ぎ小野旅館に至るに日本酒も亦あたゝめられたり、細君下戸ならず、談話頗興あり、九時過辞して客舎にかへる、深更警報をきゝしが起きず、

八月十五日、陰りて風涼し、宿屋の朝飯、雞卵、玉葱味噌汁、はや小魚つけ焼、茄子香の物なり、これも今の世にては八百膳の料理を食するが如き心地なり、飯後谷崎君の寓舎に至る、鉄道乗車券は谷崎君の手にて既に訳もなく購ひ置かれたるを見る、雑談する中汽車の時刻迫り来る、再会を約し、送られて共に裏道を歩み停車場に至り、午前十一時二十分発の車に乗る、新見の駅に至る間墜《（ママ）》道多し、駅毎に応召の兵卒と見送人小学校生徒の列をなすを見る、されど車中甚しく雑沓せず、涼風窓より吹入り炎暑来路に比すれば遥に忍び易し、新見駅にて乗替をなし、出発の際谷崎君夫人の贈られし弁当を食す、白米のむすびに昆布佃煮及牛肉を添へたり、欣喜措く能はず、食後うとうとと居眠りする中山間の小駅幾個所を過ぎ、早くも西総社また倉敷の停車場をも後にしたり、農家の庭に夾竹桃の花さき稲田の間に蓮花の開くを見る、午後二時過岡山の駅に安着す、焼跡の町の水道にて顔を洗ひ汗を拭ひ、休み／＼三門の寓舎にかへる、S君夫婦、今日正午ラヂオの放送、日米戦争突然停止せし由を公表したりと言ふ、恰も好し、日暮染物屋の婆、雞肉葡萄酒を持来る、休戦の祝宴を張り皆〻酔うて寝に就きぬ、

〔欄外墨書〕正午戦争停止」

荷風の日記をぼくが引用したのも、岡山の風土の雰囲気を、読者に伝えたいがためである。戦争を知らない若い読者には、荷風が感涙にむせんで、潤一郎夫人から贈られた弁当を食すくだりなど、想像のほかであろうが、家内などは、当時、十五歳の女学生で、カボチャの皮とイモのクキをたべて生きていたのである。いくら潤一郎が大作家であろうと、東京にいたらこうはいかない。美作に疎開したからこそ、優雅な生活ができたのである。勝山の東、約二〇キロのところに、美作の中心、津山がある。荷風が勝山の潤一郎を訪ねるために乗った伯備線と、ぼくと家内が乗っている津山線は、ほぼ平行して北上し、前者は島根へ、ぼくたちの津山線は、津山盆地を経由して鳥取へぬけて行く。

津山から、奥津《おくつ》温泉までバス。美作は、岡山県の温泉の宝庫である。美作三湯《さんとう》といって、津山市の東南一六キロ、那岐《なぎ》山南麓の湯郷《ゆのごう》温泉、旭川の上流、勝山の北部にある湯原《ゆばら》温泉、そしてこれから、ぼくら老夫婦がこしかたの文化闘争をなつかしみつつ、湯の香にむせぼうというのが、奥津である。

うまいぐあいに奥津行の特急バスがあって、これだと四十分。バスは吉井川に沿って北上する。吉井川の上流が奥津川となって、そのあたりが奥津渓谷で、転石、天狗岩、琴淵、女窟、白淵、それに甌穴《おうけつ》群の奇岩が見えはじめてくると、あたりは白一色の雪景色。ときおり、小雪がチラチラする。奥津橋を渡って左にカーブすると、黒狐の知りあいの宿、K園。

その宿の前庭はいたって地味だが、奥行ふかく、ぼくらが通された座敷は、京間の八畳に、一間《いっけん》の廻り廊下がついている。そして渓流に面していて、その川岸に桜の木が何本もある。雪がときおり白く舞い、夕闇がせまっている。

「あら、セキレイ」

美しい水鳥が、渓流の上を、かすめるようにして飛び去る。

「やっと今朝から雪になりましてね、地もとのみなさん、雪がふるのを待ちに待っていて、はい、この奥にスキー場ができたものですから、雪がないと、お正月のお休みも、アテがはずれてしまいます。例年ですと、一メートルはつもっているんですよ」

と、品のいい女中さんが説明してくれる。

家内とべつべつに風呂に行く。アベック用の風呂は苦手である。大浴場でないと、気分が出ない。客はぼく一人。湯は豊富。熱からずぬるからず、まことに快適。透明な湯の中に手足をのばして、ぼくはぼんやり考える——松の内に、温泉へ入るなんて、生れてはじめてだぞ。それに家内と来るなんて、夢にも思わなかった。黒狐のやつめ、ひとを年寄りあつかいしおって。よーし、こうなったらリュウちゃんは、枯れにカレてやるわナ。枯山水だ。しかし、それにしてもいい湯だな。塩原、草津、伊香保、湯河原、箱根、東伊豆、奥伊豆……と、関東の湯をいくらおもいうかべても、まったくはだざわりがちがう。やわらかくて、品がいい。果物でいうと、白桃の味である。単純泉という話だが、若干アルカリ性をふくんでいる。

家内も顔をテラテラさせて、部屋にもどってくる。そして、「いいお湯、とてもいいお湯」をくりかえすばかり。「ここのお湯だったら、湯上りに、クリームなんかつける必要はないわね。ほら、皮膚が若がえってしまって、お湯は熱くないくせに、しんからあったまるし」

夜の食事は、山菜、松葉ガニ（日本海）、キジ鍋、奥津川の鮎。酒は地酒をたのんで「五十鈴」。米と水がいいせいだろう、辛口でなかなかいける。老夫婦、こしかたの文化闘争を回想するいとまもあらばこそ、アンマさんをめいめいにたのんで、その夜は口をパックリあけて昏睡。

＊

一月六日。朝のうち雪。夕刻になって晴。奥津の宿から、ハイヤーで鳥取側まで行ってみることにする。運転手さんは、三十五、六の、いかにも実直そうな人。昨夜から今朝にかけて、かなり雪がふった様子。民家の屋根も、檜の山、杉の山、そして渓流の岩や石も、純白におおわれている。「これで、やっと奥津らしくなりました。大神原高原のスキー場の連中も大よろこびですよ。お客さん、奥津ははじめてでございますか？　はあ、それでは、ご案内させていただきます。わたくし、広野と申します。この土地で生れ、育ちました。この先、国道を北進しますと、人形峠に出ます。いえ、この国道は、昔は出雲街道と言いまして、津山から出雲に出る街道で、いまは国道のアスファルトでございますから、便利になりました。この道は、雪ですから、雪の性質を知らないと、剣呑でございます。ええ、ブレーキをかけるんだって、急ブレーキはいけません、エンジン・ブレーキをかけます、ほら、このとおり、急ブレーキをかけますと、車は回転してしまいます。ギアを落す、このコツです。はい、ここが人形峠。鳥取県との境になります。標高七三五メートル。檜と杉の山にかこまれておりまして、そうですな、檜は、水はけのいい山でないと育ちません。奥津の山は、その点では、まさに檜にはうってつけでして。はあ、あの山、あの山の雑木、あれはブナでございます。ブナはやわらかくて、ま、パルプの原料にしかなりません。それでも、ブナ林のたたずまいは、なんとも申せませんな、檜と杉にかこまれて育ちますと、ブナの裸木の細い枝々の姿に、ついうっとり見とれます。では、人形峠をくだります。

ここからが鳥取県で。いま、除雪車が通りましたね、あのあとの運転には、絶妙の技術を要します。はい、かえって滑りやすくて。右手に見えますのがラジウムの採掘場でして。日本唯一のウランの穴場でございます。ここをカーブして、はい、ギアを落します、ブレーキを踏んではいけません。お客さん、ほら、バスと乗用車がぶつかって、乗用車の前部があんなにへっこんで……いえ、この雪道で衝突したって、たいしてケガはいたしません。力の大きな車が、小さな力の車を押しやって、そのまま、ズルズルと雪の上をすべりますから、インパクトが生じないのでしょうな。雪道に馴れない人は、自動車の運転にはくれぐれも注意してくださいよ……」

＊

帰京後の家内の日記を盗用する——

一月六日（雪、のち曇）

午前十一時奥津の宿より、ハイヤーで白一色でおおわれた人形峠を越え、鳥取側に雪の国道をおりる。三朝《みささ》温泉でコーヒーを飲み、ふたたび同じコースで帰る。運転手さんは、奥津生れの稀なる善人なり、広野恒治氏。夕刻、宿へわざわざ挨拶にたちより、端数の五百円をまけてくれる（こちらがチップを出すべきなのに）。

夜、〆竜《しめりゅう》なる老妓をよび、R（筆者註・ぼくのこと）と老妓、軍歌の合唱（筆者註・はじめは、旧幕時代の俗謡、たとえば、梅が井〈枝〉の手水鉢《ちょうずばち》たたいてお金が出るならば……高い山から谷底見れば――それがいつのまにか――銀翼つらねて南の前線……わが大君に召されたる……ああ、堂々の輸送船、さらば祖国よ、栄えあれ……日の丸鉢まきしめなおし、グッと握った操縦桿、万里の波濤、のり越えて、行くーぞ、ロンドン、ワシントン……）、頭が痛くなって、睡眠薬服用。夜ふけに、また雪。

＊

一月七日は快晴。昨夜、老妓と軍歌を合唱し、あれほど「五十鈴」を飲んだのに、二日酔まったくなし。奥津の湯のおかげなるべし。朝、家内と散歩、奥津川の渓谷に村の共同浴場あり。三十二、三の主婦、その浴場で、足ぶみ洗濯中（昔から、奥津では、温水をつかって、足で踏みながら洗濯する由。昨日の運転手さんから仕入れた知識）。奥津は、湯が豊富で、宿の水洗も水道も、すべて温水をプールしたもの。あの、やわらかくて品のいい温水がトイレットに使われているとは夢にも思わなかった。午前十時十分の特急バスで、津山経由岡山まで。その途中、「苫田《とまた》ダム反対」の大プラカードを、吉井川のほとりで、家内は見つけ、興奮して叫ぶ——「この川よ、この川よ、吉井川だったのよ、昭和十五年、わたしが九歳のとき、朝鮮で死んだ妹が三つのとき、あやまって落ちて、ズブぬれになった川、だって、苫田郡は、わたしが養女になったときの本籍の地名ですもの」午後八時、鎌倉着。

＊

ふたたび家内の日記より——

一月八日（雨）

R早朝からウィスキー。午前三時、奇妙な怖い夢を見る。稲村ヶ崎のK書店の奥さん、奥津の運転手さん登場。死んだ母が出てきて、十年まえの時のように、わたしは泣き出す。岡山、津山、苫田、その他のことが、母の夢につながる。

鹿児島

昭和五十年一月、東京午後六時二十五分発、博多行の特急「あさかぜ」。新幹線を利用しないところが、今回の旅の、ミソである。時速二〇〇キロの新幹線にくらべれば、時速一〇〇キロの特急列車は、まさに鈍行である。その鈍行で、ゆっくりと旧東海道を九州へ下る、いまのご時世で、かくもゼイタクな旅があるであろうか。

イギリスの探偵小説家クロフツに、「マギル卿最後の旅」という名作があるが、「あさかぜ」のゆったりとした寝台に腰をおろすと、なんだかマギル卿のような気持になってくるから不思議である。

「マギル卿」は、寝台の上段で、老妻は下段。S君は一つおいたとなりの寝台の下段。こちらからひそかに偵察するところによると、S君はしきりにソワソワしながら、おのが寝台の上段をうかがっている様子。おろかものめが！　マリリン・モンローのごとき美女が、偶然、おまえさんの寝台の上段においでになるものかね。ま、S君ばかりせめるのは酷かもしれないな。よく、一人旅で、寝台や飛行機のシート・ナンバーをたしかめながら、ソロリソロリと、自分の席に近づくときの、しずかなる興奮。ぼくだって、「マリリン・モンローの偶然」を期待しているのだ。ところが、ただのいっぺんだって、美しき「偶然」に遭遇したためしがない。太平洋を何回か横断したし、北米大陸やインド亜大陸も飛びまわったが、わが隣席には、「マリリン・モンロー」とは似ても似つかぬ毛むくじゃらの大男が坐っていたり、寝台の下段で大イビキをかいていたり……つらつら惟《おもん》みるに、シート・ナンバーをきめるとき、係員のやつが意地悪しているのにちがいないのだ。人間のジェラシーというものは、なんと際限なきものぞ！

「マギル卿」は、のどがかわいてきたので、一足さきに食堂車へ。新幹線のビュッフェや、最近できた食堂車には、ここのところ、ちょいちょいご厄介になっているが、東海道を下る特急の食堂車はじつにひさしぶりである。

午後七時。まずはビール。可愛いウエイトレスがやってきたので、この食堂の経営は、「日本食堂」かい？　とたずねると、その答えがうれしいじゃないか、「都ホテル」ときたよ。なんだか、戦前の「つばめ」の一等車に乗っているような気がしてきたね。いよいよもって、「マギル卿」。それにしても、テーブル・クロースはちょっとお粗末だよ、シミだらけの白布の上に、ドローンと濁ったビニール・カバーがかぶさっている。ブツブツ、ひとり呟きながらビールを飲んでいると、S君と家内のご入来。まずはビールで乾杯！　わが最後の旅に幸あれかし！　家内は「ウナギ定食」。S君とぼくは、ビーフ・シチューをサカナに、金色のウイスキー。ビーフ・シチューの味に関するかぎり、日本食堂のそれとまったくかわりなし。

「S君、お二階さんはどうだったね？」

「お二階？」

「貴公の寝台の上段の主《ぬし》のことじゃよ」

「あ、タムラさんもお気づきでしたか」

「…………」

「ゼンソク持ちのご老人らしいのですよ、はやばやとカーテンをしめきって、ゼイゼイいってましたから、ちょっと心配になりましてね」

「あ、そう。ま、夜中にでも急変したら、看病してあげるんだな」

S君の純情には、まったくあきれるよ、これだから、四十にもなって、二十七、八の青年とまちがえられるのだ。相手に、こうでられちゃ、美しき「マリリン・モンローの偶然」の確率について、私見をのべるわけにいかない。老妻は「ウナギ定食」に夢中。ぼくは金色のウイスキーを一口ふくんで、暗い車窓に目をやる――

昔の東海道を、列車は疾走しているのだが、新幹線に馴らされてしまった目には、かえって珍奇に見える。それに、スピード感覚がちがうから、いったい、どこを走っているのか、見当がつかない。昔なつかしい東海道の夜景なのだが、酔いがまわってくるにつれて、これも異様な光景に思える。まるで光の氾濫だ。巨大な工場のイルミネーションと、その大工場と大工場のあいだをぬって、列をなして疾走する自動車の赤いテール・ランプ。いや、「日本列島」という近代的な大工場の構内を、特急「あさかぜ」が息せき切って走っているのだ。ぼくは数年まえに通過したアメリカ大陸横断鉄道や、インドのデリーからデカン高原の最南端マドライまで一気に南下するインドの「エキスプレス」の車窓から見た夜景を思い出す。満天の星と黒い大地。ときおり、一群の光に出会ったが、それはまぎれもなく生活の光であり、コミュニティのあかしであった。だが、この東海道には、巨大な工場の光のイルミネーションにさえぎられて、人間の生活の灯は見えない。

「あれで、少しは省エネルギーに心をくだいているのかねえ。レイオフで、休んでいる工場もあるというのに、まるで光の洪水じゃないか」

「そうですねえ、銀座のネオン・サインはいつのまにか復活してしまったし、ヨーロッパから日本にやってくると、まるで別天地に見えるそうですよ、どうしたって、おなじスタグフレーションに悩んでいる先進工業国とは思えないそうですよ、まるでクエートの植民地みたいですって」とS君。

いつのまにか、家内は「ウナギ定食」をたいらげると、寝台に消えている。ぼくらのテーブルには、ウイスキーのミニ・ボトルが半ダースちかくならんでいる。それから、S君となにを喋ったのか、もう忘れてしまった。

とにかくミニ・ボトルが八本ならんだら、ウエイトレスに追い出されたことだけはたしかである。

＊

夜明けに目がさめた。ちゃんと家内の上段の寝台にねている。小さな窓から外をのぞくと、古風な民家の屋根瓦。へっぴり腰で、金属性のハシゴをおりると、廊下の喫煙室でタバコを吸った。夜明けの微光のなかに、西の国特有の、肩をよせあって、ひくく頭をたれているような古い民家と、そのむこうに、鉛色の瀬戸内の海。西は曇天か。それから顔を洗って、食堂車に行ってみたら、ちゃんと店をひらいている。（午前六時）広島、岩国で降りる乗客のための早朝サービス。和定食ですか、洋定食ですか、と可愛いウエイトレスがたずねるが、ぼくの朝の定食はビールにきまっている。中国新聞を買って、ビールを一本ゆっくり飲みながら、ローカル・ニューズを読んでいると、S君が男性用化粧水の匂いをプンプンさせながら食堂車に入ってくる。S君もビール。S君は日本経済新聞を買って、株式欄ばかり読んでいる。夜は、すっかりあけきって、瀬戸内の島々がくっきりと見えてはいるのだが、あいにくの曇天。海も空も、どんよりとした石油色にくもっていて、三十年まえの古い記憶をよみがえらしてはくれない。なにしろ、岡山以西は、太平洋戦争の末期、昭和十九年に、ぼくは通過しただけなのだ。その年の二月、土浦から鹿児島までの軍用列車には、パイロット試験に落ちた海軍予備学生の一群がつめこまれていて、駅に停車するたびに、機密保持のためにブラインドをおろされ、ぼくらは仏頂面をしていたものだ。それでも、関東育ちのぼくにとって、瀬戸内の風光は、まぎれもなく新鮮だった。ぼくは二十一歳で、瀬戸内の海も若々しかった。食堂車の窓ガラスに額をつけるようにして、瀬戸内海の島々を眺めるのだが、三十年まえの、あの新鮮な光の記憶はよみがえってくれない。ぼくは五十二歳で、海も疲れてしまったのか。あたらしい民家やビルの材質とスタイルは、全国どこへ行っても見受けられるものばかり。まったくのノッペラボー。

石油コンビナートまでそろっている。こうなったら、金色のウイスキーを飲んで、想像の世界にあそぶよりほかに手はない。S君は、ハムエッグにトーストという健康的な朝食をとると、さっさとテーブルから消え、家内が入れかわりにやってきて、和定食をペロリとたいらげると、アッというまに彼女も消え、ぼくひとり、テーブルのまえに坐っている。ほかに客もいない。食堂車の片隅で、ウエイトレスたちがあつまって、キャッキャいって笑っている。そのうちに、彼女たちの笑い声も、ぼくの耳にきこえなくなる。たしかに目は窓の外、瀬戸内の島々を見ているのだが、そのじつ、ぼくの視線は、心の内部に屈折してきて、とらえどころのないものを、しきりに追っている。ウイスキーください。そう、氷と水も。下関の駅を出たので、ぼくはやっと腰をあげる。寝台車に入ると、ベッドはたたまれて、ソファで、S君が家内の荷物の整理を手伝っている。

「ゼンソクもちのご老人は大丈夫だった？」

「おかげさまで大過なく。ほら、ごらんのとおり」S君がささやくような小声で言うので、彼のシートのほうをのぞくと、司葉子のような和服の美人がしとやかに坐っている。

「きみは、偶然の確率に、そうとう強い人ね。どうりで、今朝のきみは、男性用化粧水の匂いがプンプンしていたよ」

「タムラさんに、寝台の上段に美人がいるなんて言ったら、なにを言って騒ぎ出すかわかりませんからね」

列車は関門トンネルに入る。家内は興奮してキョロキョロしている。

「いよいよ九州ね。生れてはじめてよ、九州は」

博多は、小雪がふっている。古めかしい市電が通っている交叉点のそばのSホテルに投宿。さすがに疲れたので、ぼくは部屋に入るなり、バスにとびこんで、昼寝。

夕刻、ロビーに、H君がやってくる。九大の東洋史を専攻した「同期の桜」で、敗戦の初夏までの半年を、琵琶湖畔の練習航空隊でともにすごした。三年まえ、大津で海軍の会があったとき、H君と戦後はじめて再会し、京都の南禅寺の昼さがり、酒を飲んでいるうちに、いつのまにか飛行機に乗っていて、その夜は博多の彼の家。地酒とフグとスコッチをご馳走になって、翌日は、小倉でストリップ・ショーを見て別れた。二人とも、五十をすぎて、はじめて、まじめなストリップを見たものだから、びっくり仰天、そのまま、ぼくは神戸行のフェリー・ボートにとび乗ってしまった。

「飛田《とびた》さんには連絡とってくれたね?」とぼく。飛田さんは、ぼくらが予備学生の教育を受けた鹿児島海軍航空隊の有名な副長で、世界一の幸運駆逐艦「雪風」の太平洋戦争開戦時の艦長である。

「ああ、明日の午後、きみたちを待っているそうだ。うん、とてもお元気だよ。お宅は川内《せんだい》市だから、鹿児島の手前でおりればいい。宿はどこにした？　ああ、岩崎谷荘か。おれたちのクラブだったからな。それにしても、ずいぶん変ってしまったぞ」

「町や建物は焼けて変ってしまっただろうが、いくらなんでも桜島だけは変りっこあるまい。なにしろ、三十年ぶりのご対面だからね」

「で、今夜はどうする？」

「フグだよ、フグにきまってるじゃないか。そいつが食べたさに、博多におりたんだからな」

「こいつを見てごらん」。H君が西日本新聞の夕刊を、ぼくに投げてよこす。

「へえー、三津五郎が京都でフグにあたってねえ、まさに名誉の戦死だな、それにしても、キモを、ずいぶんまた、たくさん召し上ったものだね」

「どうする？」

「どうするって、きみ、三津五郎とぼくはなんの関係もないんだからね、フグは食べますよ、きみは地元なんだから、おなじみの店を知ってるだろ」

S君と家内がロビーにあつまってきたので、戦友H君を紹介して、F町の料理屋へ直行。小雪はあいかわらずチラチラふっている。フグには絶好の空模様。その夜は、サシミとテッチリ、それにフグぞうすいをたっぷり食べる。地酒、フグにあって、すこぶる快適。いつのまにか、ぼくらは博多のシックなバーにいて、ぼくはH君のダンヒルのパイプをとりあげて、もうもうと煙をはきながら、ブランディを飲んでいる。

家内は、一足さきに、ホテルへ逃げかえる。

*

翌日、午前十時五十五分発西鹿児島行特急。駅頭まで、H君、見送りにきてくれる。いつのまにか(博多の夜でも、この表現をつかった)、ぼくは食堂車に坐っている。ただ坐っているわけにはいかないから、どうしても金色のウイスキーを飲むことになる。「なんだって、列車には食堂車がついているのか?」などとブツブツ言っているところへ、S君と家内が入ってくる。S君もつられてウイスキー。こと酒に関するかぎり、純情なS君は誘惑に弱い(ひょっとすると、ぼくこそ、S君に誘惑されているのかもしれないぞ。彼と旅から旅へ、ぼくは無邪気にブラついてきたが、いまにして、ハッと気がついたのだ!)。

家内は「オサシミ定食」を食べながら、北九州の赤土の山肌に見入っている。薄日がさしてくる。

「九州って、ずいぶん殺風景なところなのね」

「いや、中部、南部と、景色も気候も人間の顔も変ってくる。ま、ゆっくり見ていてごらん。それに、午後三時には、川内市で、『雪風』の艦長さんに会える。とにかくラッキーな艦のラッキーな艦長さんなんだから、S君も、艦長さんの爪のアカをもらって、煎《せん》じて飲むといいよ。きみの塩漬になっている株が急騰すること、まちがいなし！」

「そんなに縁起のいい方なの、じゃ、わたし、銭洗《ぜにあらい》信仰から雪風信仰に転向しようかしら」と家内のオサシミをほおばった真剣な顔。

「じつは、ここにタネ本がある。戦前、海軍の大記者と言われた伊藤正徳氏の『連合艦隊の栄光』だ。S君も、この本に目を通しておくといいよ。ほら、第七章に、『世界一の好運艦雪風』という文章がある。ぼくは、戦争末期の二年間、海軍の麦めしを食べ、その艦長さんが、目と鼻のさきにいたのに、なんにも知らなかったんだ。戦後も十年たって、伊藤さんの本で、『雪風』や飛田さんのことを、はじめて知ったんだからね。いくら予備学生だからといって、知らないにもほどがある」

「だってこの人、二言めには海軍、海軍と言うくせに、戦争中の話をきくと、船に乗ったこともなければ、飛行機に乗ったこともないのよ。ねえ、Sさん、このひとに、戦争中、なにをしてたのよ？　ってたずねたら、京都の先斗町《ぽんと》でお酒ばかり飲んでいたんですって。わたしなんか、いたいけな女学校の二年生で、板橋の兵器廠で、風船爆弾をつくっていたというのによ」

「ウイスキーください、そう、ミニ・ボトル二本」

右手に、有明海の、どんよりとした緑色の海が見えてくる。

S君はニヤニヤしながらウイスキーを飲んでいる（自分の持ち株の計算をしているのかもしれないぞ）。家内は喋るだけ喋るとサッと食堂車から消える。

「とにかくラッキーなんだな、『雪風』という艦は。伊藤さんの本と、永富映次郎氏の『駆逐艦雪風』という本から仕入れた俄《にわか》知識からいっても、まさに奇蹟としかいえないんだ。永富さんの本には、『雪風』の戦歴がついていてね、ここのところだけでも読んでみないか」

S君はウイスキーを飲みながら、「戦歴」を食い入るように見つめる――

「すごいですねえ、太平洋戦争開戦から、敗戦まで、力戦激闘の歴史じゃありませんか。昭和十六年十二月八日から十九日まで、フィリピンのレガスピー急襲攻略戦。十九日から二十九日までラモン湾上陸作戦。翌十七年一月九日から十四日までメナド攻略戦、二十一日から二十七日はセレベス島ケンダリー攻略戦、二十八日から二月四日までアンボン攻略戦、同十七日から二十二日はチモール島クーパン攻略戦。同二十四日から三月十二日にかけてスラバヤ攻略戦、スラバヤ沖海戦」

「この海戦では、第二水雷戦隊に属して、重巡『那智』『羽黒』の第五戦隊の指揮下に入り、ジャワ島のスラバヤ沖でオランダ、イギリス、オーストラリア、アメリカの連合艦隊を撃破しているんだ。敵は重巡二、軽巡三、駆逐艦十の戦力だったけど、撃滅をまぬかれたのはアメリカの駆逐艦四隻だけさ」

「じゃ、パーフェクト・ゲームといってもいいくらいですね」とS君。

「この海戦で、『雪風』は連合艦隊司令長官から特勲甲の感状を授与されているのさ。それから三月二十日から四月二十三日にかけて、ニューギニア西部方面攻略掃蕩《そうとう》戦、そして月末から五月二十九日から四月二十一日まで、やっと日本に帰港するんだが、その翌日から六月二十一日までが、あの、運命のミッドウェイ海戦に従事するんだ。永富さんは、この海戦のエピローグを、つぎのように結んでいる――

『悪夢のような一夜があけて、翌七日（六月）の早暁、人力排水で漂流している重巡最上を発見した。雪風が近づいて乗員の一部を収容した。雪風の乗員は、硝煙にくすぶった顔に憔悴《しょうすい》の翳《かげ》を濃くしている最上の戦友と抱き合って泣きたい思いであった。

こうして雪風は六月十三日、トラック島に帰投した。燃えるようなトラック島の緑も、悄然《しょうぜん》として帰った雪風乗員の眼には色褪《あ》せて霞《かす》んで見えた。六月二十一日、傷心の雪風は横須賀港へ入港した。そして二十三日には瀬戸内海へ帰り、柱島泊地に錨《いかり》をおろした。この日、飛田艦長に代り、磯風から菅間《かんま》良吉中佐が雪風の四代目艦長として乗りこんできた。』」

「すると、飛田さんは三代目の艦長だったのですね」とS君。

「そうなるな、ええと、この本の付録に、『雪風』艦長補職記録がついている。

◇昭和十四年八月一日、『那智』水雷長兼分隊長田口正一少佐、『雪風』艤装員長ニ補セラル。十一月十五日、中佐ニ進級。十二月五日、『雪風』初代艦長ニ着任。

◇昭和十五年十一月五日、田口艦長『雪風』退艦、『竜田』副長ニ転出。同日、『朝雲』艦長脇田喜一郎中佐、『雪風』二代目艦長ニ着任。

◇昭和十六年七月二十五日、脇田喜一郎艦長、第二十一水雷戦隊司令ニ転出。同日、『海風』艦長飛田健二郎中佐、『雪風』三代目艦長ニ着任。

だから、飛田さんは、太平洋戦争における『雪風』の艦長第一号ということになるんだよ。ミッドウェイ海戦のあと、昭和十七年六月二十三日に、飛田さんは『雪風』を降りて、呉《くれ》鎮守府に転出。そのあと、菅間良吉中佐が四代目。五代目は、昭和十八年十二月十日、寺内正道中佐。昭和二十年五月十日から敗戦までの最後の艦長で六代目艦長は古要《こよう》桂次中佐」

「すると、太平洋戦争中の艦長は四人なんですね」

「ええと、敗戦処理と南方からの復員輸送任務についた艦長は、七代目が伊号第五十八潜水艦の艦長だった橋本以行中佐、八代目は佐藤精七少佐、九代目は第二復員事務官高田敏夫氏、最後の艦長、つまり、十代目は昭和二十二年四月に東日出夫中佐が着任している」

「戦争がおわって、二年もたつというのに、まだ艦長がいたんですか」

「そりゃあそうさ、八月十五日正午の玉音放送で、戦争のカタがピタッとつけば、こんな楽なことはないよ。中国、満州、ビルマ、東南アジア、南太平洋の島々から、何百万という復員兵を日本に輸送するだけでも大事業だ。よくまあ、二年たらずで、その仕事がすんだものと、感嘆するくらいだよ」

「で、ミッドウェイ海戦以降の、『雪風』の戦歴はどうなんです？」

「そうだ、そうだ、飛田さんが艦を降りちゃったものだから、そっちのほうに気をとられてしまったよ。ええと、昭和十七年七月七日から八月十二日まで、ラバウルとカビエンのあいだを、もっぱら輸送船団の護衛にあたっている。九月四日から十一月十八日まではソロモン方面作戦支援。その間に、南太平洋海戦（十月二十六日）、十一月九日から十八日までは、第三次ソロモン海戦で、挺身攻撃隊だ。翌昭和十八年は、ガダルカナル撤収作戦や横須賀―トラック島の輸送船の護衛という地味な、縁の下の力持ち的な仕事ばかり。海戦は、七月十二日から十三日にかけてのコロンバンガラ島沖夜戦がある。このときは、『雪風』の九三式酸素魚雷八本が発射され、英巡『リーンダー』を撃破、ついで敵の二番艦、三番艦にも命中。昭和十九年は、門司―シンガポール間の船団護衛。サイパン、グアム進出作戦。六月にはマリアナ沖海戦、十月にはレイテ沖海戦、敗戦の年昭和二十年四月六日には、天一号作戦。『大和』特攻出撃の護衛。このときの戦闘経過は、吉田満さんの『戦艦大和』で、きみも読んだでしょう。戦艦『大和』を中心に巡洋艦『矢矧《やはぎ》』、駆逐艦『冬月』『涼月』『朝霜』『初霜』『霞』『磯風』『雪風』『浜風』の十隻の陣容だが、死闘二時間余で、生き残って、佐世保に帰れたのは、わずかに『初霜』『冬月』『涼月』と、わが『雪風』の駆逐艦四隻だけなんだ。艦長は五代目の寺内正道中佐。戦死三」

「他の艦の戦死者は大変だったでしょうね」純情なS君は、いまにも涙をこぼさんばかり（ウイスキーのせいばかりではあるまい）。

「永富さんの本によると、戦死者＝大和―三〇五六名、矢矧―四四六名、冬月―一二名、涼月―五七名、朝霜―三二六名（総員戦死）、初霜―〇、霞―一七名、磯風―二〇名、浜風―一〇〇名になっているね」

「太平洋戦争中における『雪風』の総戦死者数はどうなんです？」

「それが、全戦争、三年九ヵ月の激闘のなかで、戦死八名。そして、二代目艦長脇田中佐は、昭和十六年七月、『雪風』を退艦すると、十八年五月、大佐に進級、十九年十一月、駆逐艦『霜月』の艦長となり、その二十四日、ボルネオ西方海上で、アメリカの潜水艦『カヴァラ』の攻撃を受けて『霜月』沈没、少将に進級している。歴代艦長のなかで、戦死したのは脇田少将ただ一人。あとの艦長は、戦後三十年、いまもなおご健在だそうだ」

「すごいレコードですね。それにしても、スペインの無敵艦隊以来、『雪風』よりもっとラッキーな艦が、世界には、まだあるんじゃないかしら？」

S君は金色のウイスキーを、グビッと飲みこむと、身をのりだしてきた。

「ところが、どうして、『雪風』が世界新記録なんだな。伊藤正徳氏の『連合艦隊の栄光』によると、こうなんだ、ここのページ、読んでみてくれないか。ぼくにだって、ここいらでウイスキーを飲ませておくれよ」

「世界各国の軍艦の歴史、その数幾万、その中で一番『運の好い軍艦』は日本の駆逐艦『雪風』である——というのが、私の戦史調査中に発見した栄光の結論である」という書き出しではじまる「第七章　世界一の好運艦雪風」の章に、つぎのような条《くだり》がある、以下、その抜萃《ばっすい》——

「雪風は、危ない戦場から遠ざかって温存されたのではない。太平洋戦争中の主要なる作戦のほとんど全部に参加し、常に第一線に戦って生き残ったのである。」

「まず十六年十二月八日、パラオ基地を出撃してレガスピー（比島）を急襲したのを初め、二十年四月天一号作戦の死闘（戦艦『大和』沈没）を終るまで、スラバヤ、ミッドウェイ、ガダルカナル、ソロモン、ニューギニア、マリアナ、レイテの諸海戦に参加し、三年九カ月を戦い通して生き残っているのだ。その間、八十一隻の僚艦はことごとく沈んでしまった。開戦時の我が海軍には、特型及び甲型と呼んだ一流駆逐艦が八十二隻あったが、その全部が沈んで『雪風』ただ一隻だけが残ったのである。まことに世界海軍界の奇跡と言わざるを得ない。」

「第一次世界大戦当時、アメリカの駆逐艦スミス号は、大西洋と地中海とにおいて船団護衛に従事し、ドイツ潜水艦と戦うこと幾十回、作戦航程三万二千マイル、無疵《むきず》で凱旋《がいせん》して有名になった（世界的好運艦として）。」

「が、雪風は遥かに同艦を抜いている。参戦の期間も長いが、その作戦航程に至っては四倍に上っている。実物が日本にないので正確なる数字は記録されないが、作戦行動距離は直線にして九万六千マイルに達している。その中の何割をジグザグ航法によったかも不明だが、当時の艦長三名に尋ねてみると、少なくとも三〇パーセントということだから、航程合計は、実に十二万四千八百マイルと算定して大過ないであろう。」

「戦争終って十七年（筆者註・本書は昭和三十七年に出版されている。現在、文庫本になっている）、替った艦長たちが全部元気で揃っているというのも他に類を見ない慶事であって、本尊『雪風』が『丹陽《タンヤン》』（敗戦後、中華民国海軍に、連合国の戦利品として引きわたされ、昭和四十四年廃艦となり、同四十六年十月二十日、中華民国政府から同艦の記念品として錨と舵輪が『雪風』保存会に贈られ、同会から海上自衛隊に寄贈された）と改名して健在するのと好運の一幅対をなすものである。あるいは、艦も人も、共に好運の持ち主であったために、合体して世界一のレコードを作ったのかも知れないが、天与の好運の外に、その艦の戦力、その人の操艦術、そうして一般乗組員の良質とが、この不滅の名を築く三つの鼎脚《ていきゃく》であったことは争われない。……」

S君は黙々として伊藤さんの本を読んでいる。ぼくは、そのスキに金色のウイスキーを飲む。ぼくらを乗せて、水銀列島の南を疾走している西鹿児島行特急は、すでに不知火《しらぬい》海の沿岸に入っている。おお、水俣！　やがて阿久根《あくね》。

「ねえS君、阿久根って、どこかで聞いたような名前だね」

「神保町の飲み屋ですよ」

「あ、そうだ、神田神保町の裏通りにあったっけ。すると、あそこのカミさんは、この土地の出身か。どうりで線が太いと思ったよ。十年まえによくかよったが、そういえば、まだ借金が残っていたよ」

＊

とにかく偉丈夫である。六尺ゆたかの大男で、さすがにショート・カットした頭髪も口ひげも銀色にかがやいているが、海の匂いがプンプンしてくる。

飛田さん、『雪風』第三代目艦長はご健在だった。ぼくらは川内でおりて、駅前のタクシーに、艦長のお宅をたずねたら、一発だった。たぶん飛田さんは、敏捷にして頭脳明晰、そして勇猛果敢な、あの薩摩隼人の血をひいているのだ。艦長は、満面に微笑をたたえながら、松葉杖をついて、ぼくらを出迎えてくださる。

「戦争でご負傷なさったのですか」

家内は、耳も眉も目も口も鼻もことごとく偉大な、海の大男の顔をほれぼれするように見上げながら、たずねる。

「なーに、ついこないだ、田舎道を散歩しておったら、トラックにひっかけられましてな、アハハハハ」

艦長のひろびろとした居間には、小沢治三郎提督の書がある。ぼくが鹿児島航空隊で、予備学生の教育を受けた昭和十九年二月から九月まで、飛田さんは、その航空隊の副長だった。ぼくたちの教育に直接たずさわった教官は、少佐の教育主任と、大尉の分隊長、中尉の分隊士といったクラスで、副長は、いわば雲上人《うんじょうびと》だった。その雲上人が、突然、夜の自習時間（海軍では温習という）に、長身をひるがえして、風のように、なにやらワメキながら通りすぎるのである。

「なんだい、いまの士官は？」思わずぼくは、となりの男に小声でたずねる。

「副長だよ。飛田健二郎中佐。部内では、トビケン、トビケンというニックネームがついていて、帝国海軍じゃ有名な人物なんだ」。叔父に海軍少将がいるというとなりの男が答える。

「『雪風』の艦長をしておったときは、勝ち戦《いくさ》のときだったから、さして苦労はせん。それでも、半年間は、平均三時間くらいしか寝られなかったな、服もぬがずにだ。艦橋に立っておると、不覚にもねむってしまって、フロント・グラスに額をぶつける。

ハッと目をさます。おかげで、わしのオデコは、コブだらけじゃった。そうさな、たしかに『雪風』はラッキーな艦だったが、わしが降りてから、艦長になった連中がじつに傑物ばかりでな、敗け戦で、しんどかったろうが、よく頑張った。こないだもマラッカ海峡で、タンカーが座礁しおったというが、このごろの連中はタルンでおるよ、マジメさが足らん。運、不運以前の問題じゃ」

「飛田さんのような方でも、怖い思いをなさったことがあるのですか」

「ある、ある、とにかく、自分の持ち場を離れるといかんな。自分の仕事があれば、怖いものはない、怖いよりさきに、責任があるからな。書？　いやあ、書は苦手じゃよ、もっとも、小沢提督に書をおねがいしたときも、酒の席でな、提督も酔っておられたから、ま、わしに、スキをつかれたようなものだ、料理屋のうちわに書いてくださったのだ。うん、あれはうちわじゃよ。ハハハハ。そうか、縁起かつぎとあっては、しょうむない。よし、恥をしのんで書くとするか」

飛田さんは、ぼくらのために、上機嫌で色紙に書いてくださった——

雪　風

飛　健

桜島は、夜のなかに白く沈んでいる。活火山の桜島が雪化粧をしているのだ。川内から西鹿児島まで、急行で三十分。昔の第七高等学校（造士館）の裏手にある岩崎谷荘に、ぼくらがたどりついたときは、すでに夕闇がせまっている。岩崎谷荘は、ホテル形式の五階建てのビルになっていて、むかしのおもかげをしのぶよすがはない。十九年の四月、七十五歳の祖父と四十二歳の母が、桜の満開の岩崎谷荘へ、軍刀をとどけに、東京からやってきたっけ。家内は、あのときの母よりも、もう二歳も年をとっているのだ。ぼくは二十一歳。その「青年」を、岩崎谷荘の旧庭園に立って、血眼になって探してみたって、もう見つからない。その夜は、S君と家内と三人で、薩摩汁と谷山産のイモ焼酎を飲む。家内が寝室にひきあげたあと、トリオの女芸人を座敷にあげて、S君と乱酔する。

海濤《かいとう》天を　つくところ
燃えて火を吐《は》く　桜島
薩摩が生める　快男児
姓は大山　名は巌《いわお》

十八剣を　ひっさげて
夙《はや》くも尽くす　勤皇や
血風《けっぷう》すさぶ　鳥羽・伏見
花は蕾《つぼみ》の　稚児桜

（西条八十作詩「祖国の護り」）

十八、九の美しい娘といかにも人のよさそうな安商人のような中年増が踊り、大年増がドラ声をはりあげて歌いながら三味線をひく。おお、鹿児島の夜！

翌日は快晴。だが、桜島は雪でおおわれて、朝日にきらめいている。

ハイヤーで鴨池へ。武之橋、下荒田の細い路を通ってもらう。昔のおもかげが僅かに残っている。昭和十九年の秋、鹿児島から、琵琶湖畔の滋賀海軍航空隊に、ぼくが配置された直後、鹿児島市と鴨池の航空隊は、米軍の大空襲にあって壊滅してしまったのだ。

鴨池にたどりついてみたものの、強者《つわもの》どもの夢の跡さえなかった。広大な兵舎の敷地には、色とりどりの小住宅が密集していて、まるで玩具箱《おもちゃばこ》をひっくりかえしたような雰囲気。

公園となってわずかに残っている雪の飛行場のあとにたたずむと、昔のままの石の堤防が残っていて、毎週土曜日の午後、分隊対抗の棒倒しの直前に、堤防の上に総員並んで、いっせいに放尿したことを思い出した。そして、十九年の五月から六月にかけて、サイパンの運命を決するマリアナ作戦に出撃した若いパイロットたち、内地における最後の基地訓練にはげんでいた二〇三空（零戦隊）、十一偵（彩雲隊）、竜部隊（陸攻）、虎部隊（零戦隊）の爆音が、わが内なる耳によみがえってくる。堤防の真正面には、深いブルーをたたえた鹿児島湾をへだてて、純白の桜島。S君と家内は、ガタガタからだをふるわせながら、ときおり襲う寒気で、山肌の雪がサッと吹きあげる桜島をながめている。すると、鹿児島湾をつっきって、飛行場めざして進んでくる数十隻のカッターが、ぼくの目には見えてくる。オールをいっぱいにひいて、いっせいにつき出す十六人の白い練習服のクルーたち。この幻の青年たちは、雪におおわれた幻想的な桜島よりも、ぼくにとっては、はるかにリアルなのだ。

東京行の飛行機のなかで、となりのシートのS君に、ぼくは言った。

「永富さんの本についている『雪風』の戦歴だけどね、『雪風』は、昭和二十年の五月十五日に、佐世保を出航して舞鶴へ回航されている。六月十四日には宮津湾碇泊《ていはく》。七月三十日、宮津湾にて対空戦闘。僚艦『初霜』触雷擱坐《かくざ》。八月十五日、舞鶴にて

『雪風』唯一隻、終戦日を迎える、とある。するとS君、去年の五月、きみと若狭へ行ったとき、小浜の旅館でよんだ年増の芸者が、二の腕をまくって、ぼくたちに刀傷を見せたことがあったね」

「ええ、戦争の末期、駆逐艦乗りの若い士官が乱酔して、短剣で切りつけたって」

「その翌日、艦長さんに連れられて、若い士官が、その芸者のところへ謝罪にきて、その態度があまりにもさわやかで、感じがよかったものだから、それが縁で仲よしになったと言っていた」

「じゃ、その駆逐艦はきっと『雪風』ですよ、宮津湾で、敗戦直前に生き残っていた唯一の艦は、『雪風』だけですもの」と、興奮の色をありありとみせながらS君。

やがて、老妻はポカンと口をあけて船を漕ぎ出し、ぼくらは金色のウィスキーを飲み、飛行機の小さな窓から下をのぞいてみたが、もう桜島は、どこにも見えない。

越前——越前町・三国町

仙台で、金華山沖のイカを、丼いっぱい、まるでウドンのようにすすりながら地酒を飲んで、旅館でウツラウツラしていたら、だしぬけに東京から電話がかかってきた。慶応ボーイのKさんである。ボーイといっても、妻子のある壮年のれっきとした男性で、鎌倉の飲み屋で、いつのまにかぼくの友人となった。

「越前のカニを食べに行きませんか」

電話がかかってきたと思ったら、だしぬけにKさんは、こう言うのである。若干、昨夜の地酒の名残りにしびれていたぼくの脳髄が、「越前のカニ」というひびきで、パッとめざめた。

＊

気がついたら、ぼくはKさんと新幹線に乗っていて（飛行機で仙台から帰ってきたのだ）、米原でおりて、それから金沢行の列車に乗って、暮れ行く琵琶湖をながめながら、お茶を飲み、Kさんはしきりにビールをすすめるのだが、ぼくは頑強に断って、「いいですか、越前のカニを食べに行くのですよ。だから、汽車弁はおろか、ビールなどもってのほかです」

Kさんは、なかばあきれ、なかば感心したような（あるいは狐につままれたような）顔をして、ぼくのイデオロギーに同調すると、彼もビールをあきらめ、ポリエチレンの容器に入っている番茶を飲むのである。

昨年の春、ぼくは若狭《わかさ》を、三十年ぶりで訪ねた。戦争末期、小さな漁村の禅寺で、海軍陸戦隊にぼくは化けて、ブラブラしていたことがあったが、そのお寺の水の味が忘れがたく、若狭の水を飲みに行ったのである。そのときは、水を飲むベスト・コンディションをつくるべく、東京から京都まで、スコッチを飲みつづけ、飲みに飲んで、水を飲みに行ったのだが、今回の旅は、それとはまったくちがう。カニを食べに行くのである。それも越前のカニ。

三十年ちかくフランスとイタリアで創作にはげんでいた、ある食通の老芸術家から、「ヨーロッパのおいしいものは、ほとんど食べつくしたが、越前ガニに匹敵するものはついになかった。越前ガニは世界一だよ。それも、その土地で食べなければだめだ」と言われたことがあった。

その世界一おいしい越前ガニを、越前に食べに行くのだ。だれがビールなど飲むものか。

武生《たけふ》からバスに乗って、越前町《えちぜんちょう》へ。日はとっぷりと暮れて、雪に耐えてきた古風な屋根が点在する農家には、生活の灯がともっている。ひさしぶりに見る夜の暮しの灯。

細いトンネル、暗い一方通行のトンネルをぬけると、バスはゆるやかなカーブをえがきながら、越前特有の岩石海岸へ――

越前の越前町は雨だった。

ぼくらは、安入望《あんにゅうぼう》という岩礁のうえに建てられているホテルに入る。古風な旅館を想像していたのに、超モダーンの建築スタイルなので、面喰らうことおびただしい。

ホールには小さなエレベーターまでついていて、三階へ。しかし、案内された部屋は、八畳と六畳つづきの純日本間。材質も凝ったもので、鉄斎と佐久間象山の書画がかかり、古風なライブラリイまでついている。窓の外はすでに暗く、日本海を眺めるわけにはいかないが、それは翌朝のお愉しみ。

宿の主人長谷政志さんからいただいた二つ折の名刺には、ふるさとの宿「こばせ」とあって、「明治初年、潮湯治旅籠屋を始めて百年、その間数多くの人達のご厚情を得て、こばせらしさを保てたと感謝いたしております。このたび国道三〇五号線のつけかえ工事のため、余儀なく、旧い館を取りこわし新しい館にて、あなたさま、みなさまをお迎えすることになり……」と口上がしたためてある。「余儀なく」という言葉に、ぼくはホッとした気持になり、なおも名刺をためつすがめつしていると、作家の開高健さんが、宿のCMを書いているではないか。

〈旧い館から　新しい館へ……渚の音に私の　心の城——開高健〉

「開高さんは、ウイスキーのCM専門かと思ってたら、宿屋にまで手をのばしているんですね」とKさん。

「きっとCM料は越前ガニだよ。ちょっとうらやましいね」とぼく。

ふたりで、浴槽にとびこむ。湯加減、湯、まさに絶品。

「はだざわりが、やわらかいですね、ここの湯は」

Kさんのうっとりした顔。

「そうね、去年の春、若狭の小浜《おばま》でも湯に入ったが、とにかく水がいいんだ。水質は、若狭のほうが女性的で、越前は男性的だけど、関東の水にくらべたら、問題にならないね。さすがに明治初年から潮湯治旅籠屋をやっていただけのことはある。最良の水質と伝統とが、じつにうまく調和していますよ。この浴室のつくりだって、凝ったものだが、まったく厭味がないものね。Kさんと二人で、ゆっくり入れる、この浴槽にしたって、人間の姿勢がいちばん楽になるように、ちゃんと計算してある。それでいて、ひかえ目で自然な感じ。越前ガニのほんとうの味も、きっと、こいつですよ」

＊

食卓の中央には、日本海産の黒鯛の活きづくりの大皿、あまエビ、甲羅焼き、吸物、生ウニ、バイ貝、むろん、越前ガニの雌雄がペアになって、Kさんとぼくのまえに一皿ずつ。酒は地酒「越の磯」。中年増の女中さんが一人ずつ、ぼくたちについてくれて、酒の酌から、カニの世話まで、じつに丹念に、しかもぼくらのお喋りの雰囲気をいささかもこわさないだけのデリケートなテクニック。「にくいね！」親切で、ひかえ目で、気がきいていて、実があって……越前町の湯のはだざわりとまったく同質。こういう心のこもったサービスは、戦争から戦後にかけて、日本の東京化した「都会」では、めったにお目にかかれなくなってしまった。

Kさんもぼくも、食べて、食べて、食べまくった。雄ガニの脳味噌、雌ガニの脳味噌と卵巣。ハサミのコリコリした肉の結晶、ぼくらの舌は目ざめ、しびれながら目ざめ、その感触が心にまでしみ透ってくるのだ。

「とてもお酒なんか飲んじゃいられませんね」。ぼくよりも酒豪のKさんは、やっと二本目の地酒にかかりながら、幸福そうな顔をしている。ぼくもお銚子二本。

「よろしかったら、カニ雑炊を」

女中さんの声に、ぼくらはギクッとしてつぎの間を見ると、すでに土鍋が用意してあるではないか。その土鍋の大きなこと！

その夜は、午後十時に昏睡。その深夜、ときおり、隣室で寝ているKさんのかすかなうめき声を聞いたような気もしたが、きっとKさんは、夢のなかで巨大な土鍋に追いかけられて悲鳴をあげたのか、あるいは、雌ガニに嚙みつかれている悪夢だったのか、それもまた、ぼくが見た夢だったかもしれない。

＊

翌朝。午前七時起床。ただちに入浴。風呂場の窓から日本海をながめる。小雨にけむっている海は、波一つなく、さながら鏡のごとし。

上機嫌なKさんと朝食。イカ刺しに、若狭ガレイ。二人とも食欲旺盛。そりゃあそうだろう。お銚子二本で、黒鯛の活きづくりと、越前ガニに甘えびをバリバリ食べて、夜の十時に寝てしまったのだから、それで朝食がうまくなかったら、ほんものの病気である。

午前八時に、カニ船が入ってくるから、カニの陸揚げをご覧に入れましょう、ということで、宿の御主人が漁港に案内してくださる。宿から、車で五分もしないところに、四つの小さな漁港があって、ぼくらは、その一つの、活気にみなぎっている港へ行く。

「カニが解禁になったばかりですから、みんな、張りきっているところですよ」

「こばせ」の四代目のご主人もニコニコしながら説明する。トラック、ライトバン、手押し車、リヤカーなどがごったがえす魚河岸に入って行くと、すでにセリがはじまっていて、陸揚げされたばかりのカニに、いちいち値が入る。

四代目が、氷づめになっている木箱から、大きな雄ガニを手でひろいあげると、泡をふいているカニの年輪（?）を見さだめる。

「こいつは十七、八年ものですね。王さまですよ。東京の料理屋で食べたら、一万円はとられるかもしれませんよ。そのわきにいるのが十四、五年ものですね。ええ、食べごろです」

ぼくらはカニ船の繋留場の方へ、人ごみをわけて進んでいった。苦みばしった男たちに伍して、かいがいしく働いている女性の長靴姿が目立つ。

「福井の女性は働きものだと聞いてましたが、ほんとにそうですね。それにべっぴんぞろいですよ」

Kさんはキョロキョロしながら、ぼくにささやく。

カニ船は三〇トンの制限があるので、小船ばかりだが、船内のいけすからカニがつぎからつぎへと陸揚げされてくるところは、まさに壮観である。

「あの人たちは二十四時間働きづめで、帰ってきたところですよ」

四代目の言葉に、Kさんが、甲板で、いせいよく立ち働いている青年たちにカメラをむけると、彼らは潮焼けしているその顔に、はじらいの色をうかべた。いい感じ！

「ごらんのとおり、越前町は、灯台のある越前岬から南につらなる細長い集落でしてね、ほら、山が岩石の海岸にせまっていて、あの山はミカン山なのですよ」

「ミカン山？」

Kさんがびっくりしてききかえす。

「ええ、この土地が、日本のミカンの北限でしてね。水仙も咲きます」。四代目は、ぼくらを、カニのカマゆで場の方へ案内しながら、言葉をつづける――

「日本海は、魚の卵や稚魚をはこんでくれる対馬暖流が、黒潮とわかれて、対馬海峡から流れていて、それに魚を養うプランクトンの豊富な寒流、沿海州寒流、日本海中央寒流などが入ってきて、漁場としては最良の条件にめぐまれているのです。おまけにシベリアの大陸側を寒流がながれ、日本本土側には暖流が時速九〇〇から一八〇〇メートルくらいの速さで走ってますから、そのおかげで、冬のきびしいシベリア高気圧から吹きつける寒風を暖め、その湿気によって裏日本に雪をふらせるわけですが、日本列島の冬がしのぎやすいのも、そのせいなんですよ」

＊

ぼくらの車は、国道三〇五号を走っている。運転手さんは武生うまれの親切な青年。九頭竜《くずりゅう》川の河口の一大漁港三国《みくに》までの六六キロを、ぼくらは車で走る。右手には、紅葉したなだらかな山々がハイウエイまでせまり、左手には、奇岩や洞門が越前岬までつづく海蝕崖、日本海には波一つたたず、まるで冬の荒海のイメージとはかけはなれている。

「お客さん、十二月に入ると、この海が荒れに荒れましてね、吹雪と高波で、このハイウエイが洗われるんですよ。カニは、そのときからアブラがのってきて、グーンとうまくなるんです。こんど、雪と荒波の越前で、カニをたべてくださいよ」と運転手さん。

越前岬をすぎると、海岸段丘が発達してきて、岩は、水晶の結晶体のような形になってくる。やがて三里浜。ぼくらは、その浜に車を乗りいれると、浜辺で一服した。黒い犬が二匹、はなればなれにポツンと坐って海を見ているだけで、人影はまったくない。あとはカラス四、五羽、羽をやすめている。

「鷹《たか》巣《す》海岸といいましてね、夏場は海水浴のお客さんでにぎわいますよ。遠浅で、水はきれいだし、お天気ですと、丹後半島から能登半島まで見えるんです」と運転手さん。

ぼくらは、美しい曲線をえがいている、赤味がかった浜辺をブラブラする。何十種類もの貝がら。象牙色、ベージュ、ピンク、水色、さまざまな貝がらが、その固有の色彩と形態とデザインを、ひっそりと表出しながら、砂浜に散在している。三里浜の名のとおり、はるか彼方まで優雅にのびている海岸線に、ぼくは心をうばわれる。見渡すかぎり、まったく人影がないのだ。

＊

九頭竜川の巨大な鉄橋を渡り、河口の突端まで行って、ぼくらは古風な宿に入る。「若ゑびす」。二階の部屋の眼下には、日本海の岩礁がひろがり、波がたえず洗ってている。詩人の三好達治が、戦争末期から敗戦後二、三年にかけて、この三国に隠棲していたとき、この「ゑびす」に貰い湯にやってきたと、土地の人から、あとで聞いた。

夜は、「川喜」というカニ料理屋へ行く。越前ガニは世界一と、ぼくに断言した老芸術家や三国生れの小説家の未亡人から、「川喜」のカニを送っていただいたことが再三あって、その縁で、ぼくらは「川喜」の客となる。

「Kさん、昨夜は料理が出すぎて、目うつりしてしようがなかった。こんどはカニだけを純粋に食べようじゃないか。川喜さんに、まえもって電話しておいたほうがいいよ。カニ、カニ、カニだけご馳走してくださいってね」

＊

座敷は十畳の和室。越前焼の小壺や茶がけなどが、ひっそりと、室内の雰囲気に落着きとやすらぎをあたえている。外は夜の雨。酒は、むろん、地酒の辛口「寿喜娘《すきむすめ》」。

きわめて上等。気持のいいお内儀と老妓の酌。

「寿喜娘は、武生のお酒で、紙をすく娘さんという意味なのですよ。福井の和紙はご存じでしょう」とお内儀。

「老芸術家から頂戴して、フスマにしたことがありました。なんともいえない味があって、ぼくの部屋が一変しました。それにしても、すき娘とはいい名前ですね。味も極上です」

甘えびをサカナに、寿喜娘をゆっくり飲んでいると、いよいよ、越前ガニの登場。「川喜」のご主人が先導してくる。以下、そのときのご主人のレクチャー——

「越前ガニと一口に、みなさん、おっしゃるが、正式の名称はズワイガニ。そのなかにズワイの雄、セイコガニはズワイの雌ということになりました。雌には、背中に子があるから、この土地ではセイコガニと呼びますが、京都あたりではコッペガニと言うんです。はい。コッペというのは、ちいさいという意味なんでしょうな。

背中に子が入っているのもあれば、背中の外に子をもっているのもいる。ま、ちょっと見ただけでは分りませんがね。背中に子が入っていると、卵が黒くなって、そのために甲羅が美しい淡紅色になります。

それから、カニの脱皮。甲幅がだいたい六センチくらいのカニ、それ以上のカニを、一人前のカニって言うんですわ。それ以下の小さなカニは、獲っちゃならんことになっているんです、はい。

カニが大人《おとな》になるまでに、一年に四、五回脱皮しましてね、さかんに脱皮をくりかえしながら、大きくなろう、大きくなろうと、懸命に努力するわけです。甲幅六センチ以上になれば、脱皮は一年に一回。その脱皮も、たいへんな苦労。たくさんの卵がかえって、そいつが浮いてただよいます。浮游期のうちに、魚に食べられる。そういうめぐりあわせのなかで、カニはたくさんの卵を生む。そして生き残った子どもが脱皮に脱皮をくりかえしながら、カニの形になって行くわけですよ。はじめはエビみたいな形なんです。それから海底に帰って、そこで必死の脱皮を繰りかえす。私ども、脱皮のことをカニ、、厄している、って言うんですよ。このカニ、厄しているからいかん。つまり性《しょう》が悪いって意味で、これから脱皮にかかるようなカニは、味がおちるというわけでして、はい。ですからカニを買《こ》うときは、性悪《しょうわる》か、そうでないかを見分けにゃあなりません。また、カニの漁場によってもちがってまいります。カニの漁場には、それぞれ名前がついていて、青山カニ場、丸山カニ場といったふうにです。いくら日本海だからって、どこにでもカニがいるわけじゃありません。風紋の吹きだまりみたいな海底にいるカニがおいしいんです。深さは三五〇メートル。そういう漁場を私たちはカニ場と呼ぶんでして……」

Kさんとぼくは、寿喜娘に酔いながら、まずズワイの雄の甲羅の脳味噌とセイコの卵を賞味する。米酢の二杯酢でつくったスープの味つけによって、味は最高潮に達する。

＊

Kさんが、うっとりした顔で言った。

「先生、ひとつ、カニのおいしい食べ方をご伝授ねがえませんか」

「川喜」のご主人も、すっかり悪乗りしてしまって、いよいよ名調子――

「はい。カニは、なんといっても水分がおいしいのですから、庖丁をいれると、せっかくの、みずみずしい水分の絶品の味が逃げてしまいます。水分が逃げれば、肉も干からびる。ほんとうの食べ方は、はい、こうやって両手をつかいながら（ご主人は、両手でセイコの長い足を三本ずつ、むしりとる）、足のつけ根の肉にガバッとしゃぶりつく」

Kさんとぼく、お師匠さんの手つきをまねて、セイコの長い三本の足のつけ根に、いっぺんにかぶりつく。

「Very good！」思わずぼくは、ウイスキーのCM調で叫んだ。

Kさんは、ほおばったまま、目を白黒させていたが、ややあって、蚊のなくような声、「おいしい」

人間は感極まると、絶叫などしないものだ。

「米酢に、おしょうゆを少したらしたくらいの味で、食べるのが最上策ですよ。へんに凝ったスープを出す店のカニは、カニそのものがだめなんです」

「そうか、性の悪いカニの味を、スープでごまかすわけね」とKさん。「性の悪い」などと、専門用語をKさんは、すばやくマスターしてしまった。好きこそものの上手なれ、である。

＊

ぼくらは、「川喜」から、「越前ガニ　三国　川喜」と江戸文字の入っている番傘を二本借りると、小雨のふる夜の町を歩いていった。

魚河岸のそばに、昔の出村遊廓の建物が残っていて、細い格子戸やしみのついた白壁、越前の風雪に耐えてきた屋根瓦と、低い二階部屋の奥にともっている灯をながめて、ブラブラ歩いた。むろん、売春防止法によって、江戸時代からつづいてきたという遊廓も、いまでは仕舞屋《しもたや》になったり、ラーメン屋、しるこ屋などになってしまっていたが、あの二階の部屋の灯は、遊女と客の亡霊の魂の光か、あるいは大学受験のために勉強している高校生のスタンドの光なのか……

＊

その翌日、Kさんとぼくは、京福鉄道に乗って、三国駅から福井にむかった。灰色の雲から青空が顔を出した。車内には、女学生が四、五人乗っているだけで、のびのびした気分。カニの脳味噌と卵と、みずみずしい水分のおかげで、Kさんはすっかり若返り、ほんとうに「慶応ボーイ」になってしまった。ぼくだって、十歳は若返ったかもしれないぞ。

電車は福井の穫り入れのおわった穀倉地帯をのんびりと走る。

「三国の手前の、あのラッキョーの花畑はきれいでしたね。まるでレンゲ畑のようだった」。Kさんは、なにを思い出したのか、カニと無関係なことをポツリと呟いた。

「ねえ、Kさん、昨夜の川喜さんのご主人の名前、知っている？」

「だって、川喜さんでしょう」

「それがちがうんだよ、大森杏雨という、れっきとした俳人なんです」

「そうか、それで、学があったんですね。それにしても、杏雨とは、春の雨で、じつにおくゆかしいけれど、ぼくたちの旅は、秋の雨に、すっかりたたられてしまいましたね」

「しかし、越前の雨は、なかなかよかったじゃないの、宿の女中さんの話では、あの雨は『熱い雨』なんだってさ。では、冷たい雨は？　ってたずねたら、そのときは、カニがいちばんおいしい『雪』なんだって」

越　後——新潟

「国境の長いトンネルを抜けると、雨だった」

ぼくのとなりのシート、車窓に頬づえをつきながら、黒狐がボソッとつぶやいた。

「なんだい、それじゃ、川端康成さんの『雪国』とは、だいぶ勝手がちがうね。『雨国』ですよ」

黒狐というのは、一昨年の秋、ぼくをインド亜大陸にラチしたインド狂の青年のニックネームである。

十二月上旬、ぼくらは上越線新潟行特急に乗っていた。関東平野は雨で、どんよりと灰色の雲が空から垂れさがり、あの山裾のゆたかな赤城、榛名のなつかしい姿を拝むこともできなかった。水上をすぎて、いよいよ、ぼくらの特急は、日本海斜面と太平洋斜面との分水嶺にさしかかる。

上越国境三国山脈の一峰、一、九七七・九メートルの茂倉岳の直下を貫通する清水トンネル。上りは昭和五年九月に開通。その工事に八年の歳月をついやしている。下り線、つまり、ぼくらの新潟行特急が、いま、呑みこまれつつある下り線のトンネル、新清水トンネルは、四年間の歳月と五十七億円の工事費をかけて、昭和四十二年十月に開通。上り線は、九、七〇二メートルで、日本第五位、下り線は一三、四九〇メートルで日本第三位の長さ。

「このトンネルを抜ければ、雪になってるよ、きっと。もう十二月だものね」

「いや、ダメですね。大陸からの寒波が一カ月遅れてるんですよ、今年は」と黒狐。

そこで冒頭の、川端さんの名作「雪国」をもじった台詞が、黒狐の口からとびだしたというわけ。

黒いオコンコンさまのお告げのとおり、長いトンネルを抜けると、やはり雨。川端さんの「雪国」の舞台と言われている越後湯沢温泉、魚野川の左岸、温泉岳の麓にあるひなびた温泉宿と、わが国の経済高度成長期に、あわただしく建てられたとおぼしきアメリカン・スタイルの超近代的ホテルとが混在している温泉町は雨。

「なんだ、せっかく冬の新潟へ入ったというのに、雨とはガックリきたな」と、ぼくがボヤくと、黒狐は大峰山の方を指さしながら、

「それで、ゲレンデの連中が、音《ね》をあげてるんですよ。いくらロープウエイが完備してたって、雪が降らなきゃ、スキーはできませんからね」

とにかく、とにもかくにも、われらの新潟行特急は、雨にけむる日本海斜面を、北へ、北へと下降して行くのだ。

「ねえ、黒狐くん、きみと汽車に乗るのも、インド以来だね。インドの広軌鉄道にくらべると、日本の汽車はデパートの売場でピカピカ光っている玩具そっくりだが、あまり快適すぎて、旅愁なんか湧かないな」

「デカン高原を、一路南下した太陽印のSLのなかでは、タムラさん、よくウイスキーを飲みつづけましたもの。今日は飲まないところを見ると、旅愁となにか関係があるんですか？」と黒狐。

「だって、ぼくらは新潟の幻の銘酒を飲みに行くんでしょ。そのためには、敬意を表して、ほかの酒は禁物です」

「それはまた、いやにオカタイことで」

「ところで、その幻の銘酒ってのは、なんという銘柄だっけ？」

「やだな、電話で、あれほどクドクド説明したのに。それなのに、あっさり名前を忘れてしまってさ、それで、あなた、敬意を表しているつもりなんですか。『越の寒梅』。

どうです、いい名前でしょう。くわしくは、この本にありますから、どうぞ」

黒狐は黒い鞄から和歌森太郎教授編著による「地酒礼讃」という奇本をとりだすと、パラパラッとめくって、ぼくの鼻先につきつけた。

＊

汽車はいま、五日町あたり。
この地酒の奇本では、新潟の銘酒を代表して、朝日山と越の寒梅の二銘柄があげられている。以下、その引用——
〈越の寒梅〉醸造元　石本酒造（新潟市北山）
責任者　石本省吾
全国レベルでも、地酒といえばまず間違いなくその名が出るほど評価は高い。にもかかわらず蔵出量を二、〇〇〇石あまりに抑えて増やさないので、地元の新潟市でもひょっとすると口に入らないこともある。そのせいもあってか酒通の間では〝幻の銘酒〟とうたわれている。手造りの酒の典型で、辛口のくせにスッと口に入り、飲み飽きしない。二次会でも飲める酒と言われる。
かたくななまでに清酒本来の味と正面から取り組んで「こういう酒を造るバカもい

るのかと言われても……」と、まるで盆栽をいつくしむような仕事を続けてきたご主人、石本省吾氏によれば、酒の味をみがくということはどうにも小細工の効かぬもののようだ。ただ一にも二にも原料の米と水を選び抜き、バカ正直に手順を踏んでいくほかはないのだという。「兵庫県のヤマダニシキ、長野県のキンモンニシキというどちらも酒の好適米をすり込んで、まず半分はヌカにしてしまう〝居眠り精白〟です。贅沢しただけのことは必ずある」こうして造られた酒はみごとな芳香を放つ。ご主人はまた、戦中戦後の米不足時代に、自らの土地を売ってまで味を守り抜いたという恐ろしいような逸話の持ち主でもある。

　水は数千年前に地下へ埋没した旧阿賀野川の伏流水だけを使う。水質は茶人が相好を崩して喜ぶほどの軟水。ただし、お茶を点ててうまいような水で酒を造ろうとすると、無機質が少ないため発酵に時間がかかる。「昔から、酒造りの水は灘の宮水に代表される硬水が良いとされていたのですが、あえて軟水を用い、高精白の米を、腰を据えて醸すと、越後美人にも似たキメの細かい酒になってくれる」

（協力・新潟日報社　風間雄一）

「……越後美人にも似たキメの細かい酒になってくれる」というところへきて、突如、わが胸はわなないた。また、「……なってくれる」という、「くれる」という奥ゆかしい表現が、幻の銘酒を造った人の心意気と、その心意気に素直に応じた酒の女神のやさしさ、キメの細かさ、その軟水のデリカシーが、まだ口にふくまぬうちから、わが舌をしびれさせるではないか。

車窓に目を転じれば、長岡。河合継之助と山本五十六の故郷、幕末に、錦の御旗に徹底抗戦した、あの長岡藩の長岡。そしてまた、となりのシートに目を移せば、黒狐め、どうやら昨夜は遅くまで水割かなにかをガバガバ飲んでいたらしく、口をアングリ開けて、眠りこけている。

＊

新潟駅。午後五時三十分着。東京、上野から四時間の旅程。ぼくも黒狐も、生れてはじめての新潟。もっとも、車中での雑談によると、黒狐の父君は、仕事の関係で戦争末期から敗戦直後まで新潟にあって、母君は、その地でご懐妊あそばされ、昭和二十年に、母君の胎内よりとび出してきたのが黒狐だというから、本質的には、黒狐は新潟の産なのである。黒狐、故郷に帰る！

そこでわれら同行二人、胸ときめかせて駅頭におりたてば、生れてはじめて見る新潟は、雨だった。十一月、雪の越前へ、やはり胸ときめかせて駅におりたてば、これも雨。

どうして、ぼくは雨男になったのか。家内は、センタクが大好きで、これまで家を留守にしたときは、インド、北米、その他もろもろのチャンスには、いつもきまって日本晴れで、ぼくが小さな家から一歩出れば、家内はセイセイすると申し、ぼくもまた、お天気男と自負していたのだが、冬の浜松、仙台、越前、越後、ひとしなみ、雨で、いっそのこと、お天気が悪いなら、雪がチラチラときてくれれば、ぼくは上機嫌になるのだが、シトシト雨、小糠雨とでも申しましょうか、インインメッツで、それでも生れてはじめて（生後半世紀）の新潟とくれば、わが胸はときめくのである。

聞くところによると、新潟は日本一の米どころであり、水もソフト・ウエアで、しかも冬の日本海をひかえている。山菜にもことかかない。水と米と海（むろんサカナ）がよかったら、美男美女がおわしますにきまっている。雪のニーガターァ、とくるのである。

雨のふる駅から小型タクシーに乗った。駅前には、イルミネーションにきらめく「パルコ」がそびえたち、「おお、新潟のパルコよ！」ぼくが一瞬、池袋にいるのではないか、といった錯覚におそわれているうちに、黒狐がNホテルと、行くさきを指定するや、小型タクシーは走りに走り（やっぱり池袋じゃなかったよ）、メイン・ストリートをはずれたと思ったら、裏町の路地という路地を走りぬけ、ちょうど日暮れどきだったから、家庭の主婦が子どもをつれて、その夜のオソーザイを買いに出かける、その時刻だったから、その母と子、おお、聖なるファミリーの群れを、かきわけかきわけ、小型タクシーは迷路という迷路を、迷走状に走りぬけ、となりに坐っている黒狐が、ぼくの耳もとでささやいた。

「Just like Indian style」

昭和四十八年の秋、第四次中東戦争のさなか、南インドのマドライという、ヒンドゥーの神さまが造ったジャスミンの紅と香りと、赤土の都市から、デカン高原の最南端、ケープ・コモリン、ベンガル湾とアラビア海、そしてインド洋の三色の海が合流する岬、その岬から、アラビア半島に落ちて行く世界的夕陽を拝みに、二五〇キロの行程を、直線一〇〇キロ、カーブで八〇キロ、小さな橋、竹の橋をわたるときだけやっと六〇キロ、ケララ、おお、ケララの、ココナツの森林をぬけて、ぬけたと思ったら、カトリックの小さな村があって、その村のセントラル・ロード、ちょうど、ニーガタの夕まぐれ、母と子の、聖なる群れをつきぬけ、かきわけ、われらのインド国産車「アンバッサダー」は、走りに走って、それでもなお、わが「アンバッサダー」の運転手、マドラス生れのハンサムな青年の手さばきは見事、ひと、ひとり傷つけず、むろん、聖なる牛、羊、馬、猫、ニワトリ、犬にも、カスリ傷ひとつ負わせずに、落ちゆく夕日をにらみながら走りに走って、ケープ・コモリン、ジャスト午後六時到着。きっと黒狐は、そのことを思い出したのだ。

＊

さて、ニーガタの小型「アンバッサダー」も、走りに走って、やっとおめあての場所Nホテルについて、黒狐が料金を払っているとき、ぼくが何気なくヒョイとふりむいたら、新潟駅が六〇〇メートルさきに鎮座ましましているではないか。ゆっくり歩いて、十分のところ。

とにかく、とにもかくにも、ホテルの部屋に入って、バス。三十分ほどまどろむ。準備体操完了！

「タ、タムラさん」黒狐がぼくの部屋にあたふたと駆けこんでくる。「いま、念のために、古町《ふるまち》の料亭に電話を入れたんですよ、そしたら、日をまちがえていましてね、一月だと思いこんでいて、むこうもあわてて、すぐ美女を手配するって、あわててるんですよ、ダイジョーブかしら？」

「おいおい、こっちで聞きたいくらいだよ、ま、新潟は美女の産地だ、ところで、幻の銘酒は、ダイジョーブなんだろうな。車中で読んだ奇本によると、新潟市中だって、入手困難とあったからね」

「それはもうOKです。美酒、美女（ああ、舌を嚙みそう！）が今夜の狙いなんですから。それにしても、美女のほうが――」

「さ、ブツブツ言ってないで、古町へ行こうじゃないか」

ぼくらはホテルから、中型のタクシーに乗る。（さすがに小型にはコリタ）

信濃川河口のデルタ地帯に発展した日本海沿岸の大都市、十七世紀中葉、河村瑞軒が山形県酒田を起点とする米積み出しのための西回航路をひらき、その一大寄港地となった新潟のメイン・ストリートを、ぼくらの車は直進！　美酒と美女の待っている古町へ！

日本一の大河、信濃川にかかっている三本の大橋、万代橋《ばんだい》、八千代橋、昭和大橋、このトップの大橋、万代橋を渡ると、古町通り。ニーガタの「フィフス・アベニュー」である。デパート、商社、銀行が立ちならび、ネオンサインとイルミネーションが冬空を飾っている。

「きみ、いま、加州相互銀行新潟支店というのがあったよ。いくら、江戸時代からの一大貿易港とはいえ、カリフォルニアの銀行の支店はないよね。加州って、なんだろう、加賀の加州か？」

「それにしても、ネオンサインと街頭の広告は、酒ばかりですよ、ほら、あそこに朝日山、越の誉、あれッ！　秋田の新政まで、大広告塔をたてている！」と黒狐。

「テレビや自動車の広告は皆無だね。さすが新潟！」

そして古町に入ると、その真っ正面に、広告の横綱。その巨大なスペースに、「酒は新潟」の、これもまた巨大なネオン。その下部に、ナショナル・カラー・テレビの小さな広告が、はずかしそうに、チョコンとついている。

＊

古町の料亭。この一郭は戦前の姿そのまま。太平洋戦争末期の米軍の大空襲に生き残り、戦後、日本海沿岸特有のフェーン現象による昭和三十年十月の新潟大火にも焼け残り、そしてまた、三十九年六月の新潟地震にも、微動だにしなかった古町。

ぼくたちは、この縁起のいいクラシックな古町の、古い料亭の古い座敷に坐っている。江戸期の文化がそのまま呼吸しているような、優しさと落ちつきと、そして決して陰にこもらない、ある種の陽気さがただよっている雰囲気。

きれいどころは、中年増二人。小村家のたまき姐さんと分唐津の沖江姐さん。中年増といっても、二十七、八。典型的な新潟美人。たまきさんは純日本型、沖江さんは白系ロシアの血が十六分の一くらい入っていそうなエキゾチックな感じ。お二人とも、中学、高校のクラスメートで、置屋さんの娘さん。マナー、反応、感受性、上々。

やがて幻の銘酒「越の寒梅」。美女とともにあらわれる。若くてべっぴんなので、芸者衆かと思ったら、なんと、この家の内儀。四代目の夫人だという。サカナは、むろん、冬の日本海もの、あまエビ、黒鯛の刺身、イカ、そして、佐渡沖の蟹。日本海が生む世界で一番おいしいタラバガニ。保存野菜を煮こんだ、独得の正月料理、のっぺ汁。

白無地の盃に、越の寒梅。

ぼくは一口飲む。さらに一口。

「どう?」

黒狐の顔を見る。

「おいしい、おいしいです」と黒狐がうなる。人間、感きわまると、低音になる。絶叫などしないものさ。

三人の美女は、微笑をうかべながら、それでも眼には真剣な色をたたえて、ぼくらの反応を見まもっている。そりゃあそうだろう、酒こそ、その土地の固有の文化そのものなのだから。

　ぼくはゆっくり飲みほす。辛口。まぎれもなき、古きよき時代の辛口。ちかごろは、辛口ブームといって、薬品くさい辛口がしきりに出まわっているが、そんな辛口とはダイメンションをまったく異にする。

　沖江さんがゆっくりと酌をしてくれる。その呼吸のスマートさ。黒狐は純日本美人のたまきさんの酌で、いつのまにかグイッ、グイッと飲んでいる。若き内儀は正座して、酒の座が熟成してくるのをしずかに見まもっている。

　お銚子が四、五本になると、黒狐が内儀に言った。

「ぼくに、お冷《ひや》でいただけますか。タムラさんは、もう一つの新潟の代表作朝日山はいかがです？　この酒も、花崗岩の山岳地帯から流れ出る軟水で造られているそうで、ソフトでコクがあって、サラッとした辛口と言われていますけどね」

「いや、今夜は、せっかくだから、越の寒梅だけで通すよ」

「そうですよ、あたしたちの手にだって、越の寒梅は、なかなか入らないんですもの。町を歩いていて、酒屋さんの棚に、寒梅があったら、なにをおいても、あたし、買ってしまいます。東京のお馴染さんからも頼まれていますし」とたまき姐さん。

「あたし、せんだって、越の寒梅の酒造元へ、お客さまにつれられて見学に行ったことがありますの。そのとき、石本酒造の大旦那が奥から出てらっしゃって、いろいろと教えてくださった」と、頰をほんのり寒梅の色にそめて、沖江姐さんが言葉をつづける、「ほんとに、おいしいお酒というのは、辛口なんですってね。甘口、辛口を区別して造るわけじゃなくて、おいしいお酒を、まっ正直に造るとなると、結果的に辛口になるんですって。なんでも清酒メーターにかけると、よそのお酒屋さんのお酒よりグーンと辛い反応が出るのに、飲んでみると、最良質のお米の精白を、せいいっぱい高めてあるので、辛口の辛さがやわらいで、ほんとうの辛口が生れるんだと、おっしゃっていましたわ」

「へえ、きみはくわしいね」と黒狐。

「だって、あたしだって新潟の土地ッ子ですもの、一生懸命よ」と沖江姐さん。

「黒狐くん、冷の寒梅はどうです？」

「まるでラインの最上の白葡萄酒を飲んでいる感じですよ。その辛さも、それをささえている渋み、甘さ、酸みがコンゼン一体となって、とにかく上品なんですよ、あの、お内儀さん、もう一杯、冷でくださいませんか」

その翌日の午後、ぼくらの上野行特急が山岳部にさしかかると、あ、雪、まぎれもない粉雪。越後湯沢にさしかかるや、一面の銀世界！　山々の杉の木、樅の木も、粉雪にまみれて、黒い緑と純白の絶妙のコンビネーションをくりひろげる。

「おい、黒狐！　食堂車に行って、雪見をしようよ」

「ハイハイ」

車窓を流れる越後の白い野と山。ぼくらは金色のウイスキーを飲む。流れ去る銀世界をながめながら、金色のウイスキーを飲んだ瞬間、昨夜の越の寒梅の花々が、われらの体内に、一輪、また一輪と咲きはじめ、黒狐はみるみるうちに白狐に変化《へんげ》してゆくのであった。

佐　久——小海線

梅雨前線が日本列島から遠ざかり
雷鳴がとどろくと
光りに分割された無限の夏休みが
ぼくらに襲いかかる
不思議なことに
いくら眼を凝らしてみても
ぼくの幼年時代と小学生のときの
夏休みは見えてこない
古いアルバムに
鎌倉材木座海岸の砂浜で

浮輪にすがってかろうじて立っている四歳のときの
茶色の写真だけ
下町の商業学校時代の夏休みは
鮮明だ
一年生と二年生のときは草津で夏をすごした
群生している月見草と山百合と硫黄の匂い
麦わら帽子をかぶって
草軽電鉄に乗って軽井沢のレストランで洋食をたべた
三年生と四年生のときは福島の高湯
春山行夫と西脇順三郎の新しい詩論集を読んだ
五年生の夏休みは修学旅行
東京　横浜　名古屋　大阪　京都　神戸の経済活動の観察と調査
一九三九年の夏だったから第二次欧州大戦の前夜
大学生の夏休みは
新宿と浅草の酒場めぐり　一九一四年夏の「灰色のノート」というフランスの小
説を読んだのも

暗い酒場の椅子だった　そして
「灰色のノート」の予告どおり
ぼくらは大戦のなかに投げだされる

光りに分割された無限の夏休み
そして灰だけが残った

（隆一「夏休み」）

＊

そこで、髪の毛も灰色になってしまったミスタ・灰（つまり、ぼくのこと）は、ふと山に行く気になった。

朝、鎌倉の小さな谷戸の奥にある二階の仕事場から、雲ゆきのあやしくなりつつある海の色を眺めていたら、ぼくは山が見たくなった。

熱帯性低気圧が小笠原諸島あたりをうろついていて、このまま北進すれば、今夜半あたりは、関東南部は集中豪雨に見舞われる公算大、とテレビの天気予報は告げている。

そこで、ぼくはゆっくりと椅子から立ちあがり、念のため、五年まえと三年まえに、インド、ネパールを歩きまわったときの茶色の上《うわ》っぱりを小脇にかかえ、（なにせ、この上っぱりにはポケットがたくさんついているから、不精者のぼくには、まったくのおあつらえむき。茶色と書いたが、その茶色もインドの太陽と歳月に焼けただれ、漂白されてしまっていて、なんとも形容しがたい色を呈している。ま、お化け色とでも申しましょうか）小銭入れをズボンのポケットにつっこみ、タバコと百円ライターと老眼鏡を、お化け色のポケットにそれぞれ配分して、なつかしのわが家を出る。

とにかく、山を見に行くためには、まず江ノ電に乗らなければならない。わが谷戸をダラダラッと下ると稲村ヶ崎。それより鎌倉駅まで。これが、もう一つ先の藤沢よりの駅、七里ヶ浜から江ノ電に乗れば、わが幼年時代の材木座海岸が遠望できるのだが、稲村ヶ崎—鎌倉間は、まったく海が見えない。もっぱら民家の裏口ばかり。

山を見に行くといっても、わが日本列島は山ばかりなんだから、どこへ行っていいか、ちょっと見当がつかない。鎌倉駅の改札あたりをブラブラしていたら、小海線《こうみ》のポスターが出ている。

小海線なら、十五年まえに狐のような女詩人と旅行したことがあって、八ヶ岳と浅間山がいやでも目にとびこんでくる。それに数ある国鉄のなかでも最高の標高を誇っている輝しき路線。それに、費用も、ぼくみたいな詩人にはちょうど手ごろ。

顔見知りの駅員さんに、わが旅のプランを告げたら、午前十時三十分新宿発アルプス号というのがあって、座席指定券も入手できるというので、切符を手にするや、横須賀線にとび乗り、おっとそのまえに、アジの押し寿司と日本酒のワン・カップをプラットフォームの売店にて購入、東京までの道中、朝食がわりとする。朝のスキッパラに、日本酒がジワジワとしみとおり、アジの押し寿司（大船特産）を食べながら、うっとりしているうちに東京駅。

＊

中央線小淵沢に着いたのは午後一時。新宿からの二時間半ばかり、持参した十五年まえの「詩人のノート」を読みながら、カン詰ビールを飲む。そうだ、十五年まえといえば、ぼくは四十二歳、浅間山の北側の森のなかで三年暮していたっけ。ちょうどわが国の経済高度成長期で、森番の乗り物がみるみるうちに進化して行く時代だった。ぼくが森に住みついたころは、森番は自転車で走りまわっていたのに、二年目に入ると、モーター・バイク、そして三輪車と成長して、三年目になるや、軽自動車からライトバン、ついには大型の新車になったので、ぼくはあわてて山からおりたのである。

十五年まえ、近くの森に住んでいる狐のような女詩人に声をかけて、二人で小海線に乗ったことがあった。狐といっても、五年まえに甘言をもってインド亜大陸に純情なぼくを誘いこみ艱難辛苦をなめさせてくれた、あの底意地の悪いインド狂の青年「黒狐」とちがって、まれにみる抒情的な白狐なのである。

あのときは、小諸から小淵沢まで、小海線を旅したのだ。「詩人のノート」は、つぎのように記録している――

R（ぼく）――小諸から小海線の準急に乗る。ぼくは、この高原電車に乗るのははじめてなので、彼女（白狐）からいろいろと説明をきく。終点の小淵沢でおりて、中央線に乗りかえるわけだが、日本の鉄道の駅でいちばん標高のある野辺山《のべやま》で途中下車することにする。この高原電車の車窓から見る風景はじつに美しい。浅間山はいつのまにか後退して姿を没し、八ヶ岳の雄大な裾野がせまってくる。

E（白狐）――小海線は、昔は四時間余もかかったのに、今では二時間という早さ。そののどかな田圃や果樹園の見える佐久平を出発して、千曲川の上流に沿って行き、その川が二つに岐れる信濃川上あたりで、甲、信国境の山懐に入った感じで、川はすき透って底の小石を覗かせていました。この辺から、沿線の野辺山、清里あたりは、北軽井沢とよく似ていて私の家の裏の山並みと、そっくりな山までありま す。羊歯類、落葉松《からまつ》、白樺に掩われた丘陵や、点々と野原を彩るつつじも、まだ昨日の続きのようで、別の所へきたという感じがせず、ぼんやりと窓外をながめていました。

小淵沢から小海線にぼくは乗りかえる。二輛連結のジーゼル列車。少年時代、二夏を草津でおくったことがあったが、そのころは、軽井沢から草津まで、草軽《くさかる》鉄道という高原列車があって、人の歩く速度よりちょっと速いといった感じ。麦わら帽子を窓から飛ばしても、列車からとびおりて、拾ってまた乗れるというおとぎの国の電車だった。たしか昭和三十年代で廃線となり、それにかわってバスが運行するようになったが、乗物のコースの変化によって、風景もまた変化するのだ、ということを、痛感したものだ。いや、変化するものは風景だけではあるまい。人間も、その意識も村落もその倫理も、きっと変化するだろう。交通機関と、そのコースの変化は、情報、通信、流通といったものに、大きな影響をあたえずにはおかないし、その影響によって、人間の生活形態から女性のスタイルまで、変化せざるをえないのだから。

草軽鉄道なきあと、小海線だけが、いまやおとぎの国の古典的電車となったわけである。そのせいか、乗客の大部分は、若い女性たちばかりで、それにそろいもそろって木綿のTシャツとGパンというといういでたちだから、中学生なのか高校生なのか、（いや、大学生かもしれないぞ）さっぱり見当がつかない。インスタント・ラーメンとカップ・ヌードルのおかげで、彼女たちの体格は今を去る五世紀まえの戦国時代なみに向上したのだから、外見からは、頭の中身が分らない仕掛けになっている。見わたしたところ、男性も平凡パンチの裸女に熱いメセンをそそいでいる若者たちばかりで、灰色の髪の男はぼくひとり。

すなわち、ぼく、憮然として、車窓より、目をほそめて風景を眺めることになる。ジーゼル・カーは、右に大きくカーブを切ると、八ヶ岳の裾野がせりあがってきて、晴天なら南アルプス、甲府盆地の彼方には富士、その左手には奥秩父の山々、茅《かや》ヶ岳、金峰山《きんぷさん》、小川山の山並がみえるはずなのだが、あいにくと、関東南方の洋上を熱帯さまが北上しているので、鉛色の雲と積乱雲とが交叉し、また流れ、めまぐるしく変化するので、せっかくの眺望もいっこうにひらけない。

標高八八七メートルの小淵沢を起点として、つぎの駅は一、〇四四メートルの甲斐小泉、そのつぎは一、一五八メートルの甲斐大泉、そして一、二七五メートルの清里をすぎると、一、三四六メートルの野辺山駅よりのところに、一、三七五メートルの日本の鉄道の最高点がある。そして甲斐の国（山梨）を過ぎると、わが列車は信濃の国（長野）に入り、青空がみるみるひろがってきて、木々の緑、ナナカマド、ニセア

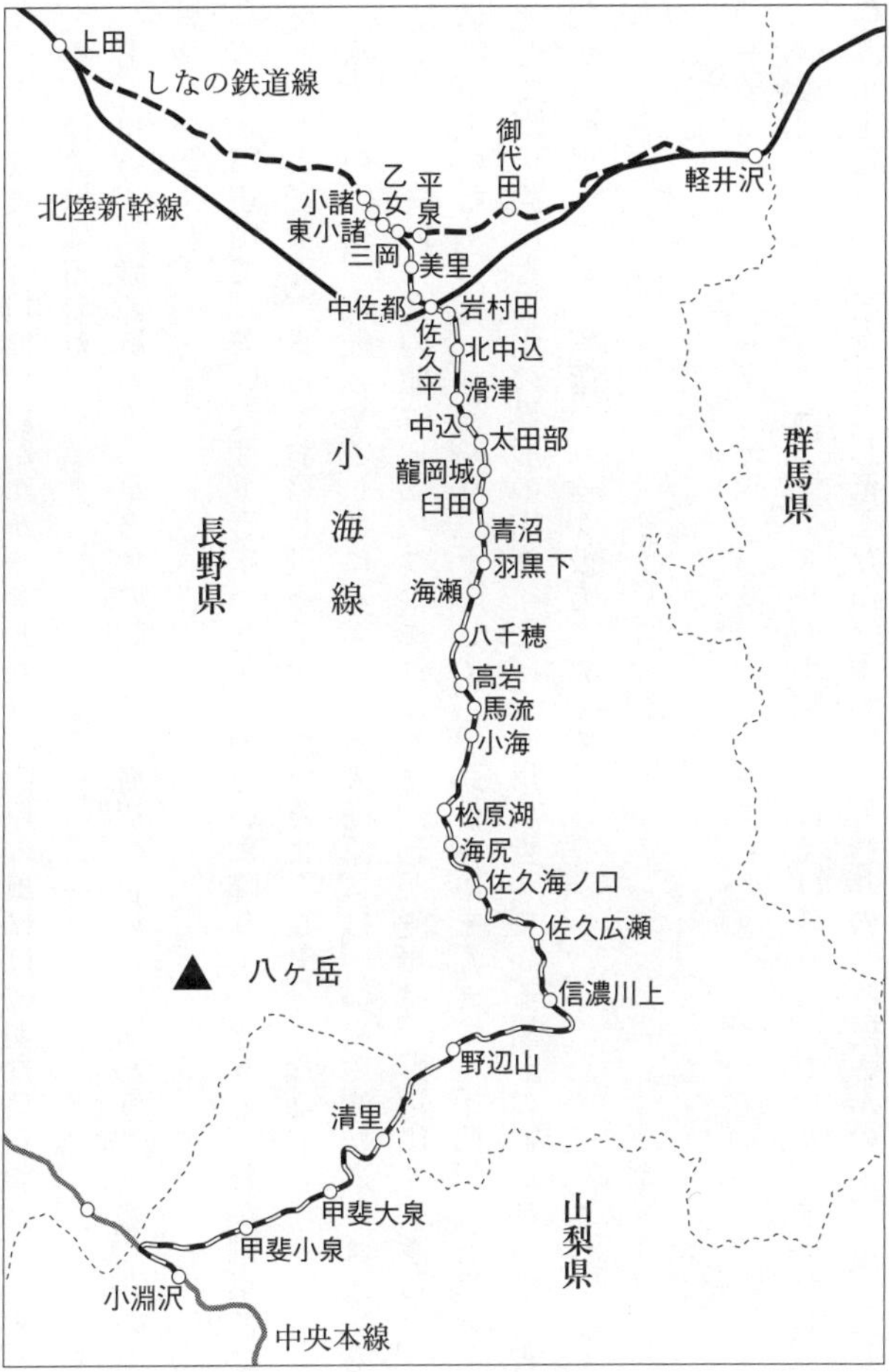
上田
しなの鉄道線
北陸新幹線
御代田
軽井沢
乙女
平泉
小諸
東小諸
三岡
美里
中佐都
岩村田
佐久平
北中込
滑津
中込
太田部
龍岡城
臼田
青沼
羽黒下
海瀬
八千穂
高岩
馬流
小海
松原湖
海尻
佐久海ノ口
佐久広瀬
信濃川上
野辺山
清里
甲斐大泉
甲斐小泉
小淵沢
中央本線
小海線
長野県
群馬県
山梨県
八ヶ岳

カシヤ、落葉松、白樺の緑がかがやきわたり、高原の風には透明な色がついていることを、ぼくは知るのだ。

山の匂い、高原の風の色、草と葉の歓声は、海辺の谷戸では味わうことのできぬ不思議な交響楽だ。

清里、野辺山で、若い女性や青年たちがいっせいに降りてしまうと、わが列車にはほとんど人影なく、まるでお召し列車に乗っているような気分になる。

八ヶ岳の山裾、威厳とやさしさにみちている大高原には、盛夏の光があふれているというのに、八ヶ岳の頭は白雲につつまれたまま。わが愛車は、野辺山をすぎると、信濃川上にむかって、ゆっくりと下降して、甲武信ヶ岳を源とする千曲川の谷に入る。そして、天狗山と男山の異形の山々。と、千曲川が養っている扇形の野がひらけ、古代からつづいている集落がはるか彼方に見えてくる。

＊

午後二時。

信濃川上《しなのかわかみ》、標高一、一三〇メートルの小駅で、ぼくは降りる。おなかもすいたし、信濃川上という駅名を目にしたとたん、鎌倉の小町通りのソバ屋さんのソバが、たしか、この土地のものだと記憶していたので、だしぬけにソバが食べたくなったのだ。

駅前には、人影もなく、「レストラン」らしきものが、手打そばののれんをだらりと下げたまま静まりかえっている。とにかく、腹がすいたので、駅のそばの「レストハウス」に入る。店内にはだれもいない。カラー・テレビだけが歌謡曲をうたっている。

奥から若いおかみさんが出てくる。

「ソバが食べたいんだが、手打ありますか？」

ぼくはのれんを指さしながら、おかみさんの顔を見る。

ヒナには稀れな美人である。ひとのおかみさんだろうと、美人というものは、気持がいいものだ。

美人は困ったような苦笑をうかべると、

「いまは、みな機械なんですよ。九月三十日のお祭には、農家のひとたちが手打をつくるんですけど」

「じゃ、その川上そばをください」

レストハウスといっても、特別の舞台装置があるわけじゃない。大衆食堂に土産品売場がついているだけ。それ以外に、観光的要素がまったくないのが、じつにすがすがしい。

山菜入りのかけそば。けっこう、いただける。ぼくは三分間でペロリとたいらげると、あとはなんにもすることがないから、タバコをすいながら、店のまえの人影のない通りをぼんやり眺めているだけ。

ときおり高原野菜をつんだトラックが通過する、そのあとを追うようにしてシオカラトンボ。

乾いた空気と透明な光。太陽の光は強いが建物や木かげに入ると、ひんやりとする。ぼくは駅前の川上タクシーに電話をかける。いま食事中なんで、あと十五分もしましたらお迎えにあがりますから、駅の待合室で待っててくださいませんか、という中年男の声。

駅の待合室にもだれもいない。年代ものの木のベンチに、手製の木綿の座布団があって、信濃川上と駅名がぬいつけてある。

やがて、白い開襟シャツを着た中年男が待合室にやってくる。

「お客さん、どちらまで」

「べつに目的はないんですけどね、二時間ばかり走ってくれませんか。高原と牧場をグルッと見てあるいて、それから野辺山、美し森、清里の駅でおろしてくれればいいんです」

川上タクシーは轟音をとどろかすと、駅前の一本道路を一気に駆けおり、千曲川にそって左折すると、野辺山高原にむかう。

＊

「お客さん、なにか取材ですか？　どうです、この開拓農場の眺め？　あ、雲が八ヶ岳にかかっているなァ、ここいらで写真でも撮りますか」

「いや、取材なんかで来たんじゃないんですよ。ちょっと、山の空気が吸いたくなったものだから。それに景色が美しすぎる。ぼくなんかが写真を撮ったら、安っぽい絵葉書になってしまう」

「それもそうですね」。川上タクシーは、妙なところで相槌を打つ。

「じつはソバが食べたくて、信濃川上におりてみたんだけど、どこの店にも手打がなくてね」

「ええ、みんな機械ですよ。なにせ人手不足だし、ソバをつくるよりも高原野菜のほうがずっと経済効率がいいですもの。このへんの開拓農場だって、年収一千万は固いって話ですよ」

「でも、駅前のソバはなかなかおいしかったけど」

「あのソバだって、この土地のもんじゃありませんよ、たぶんね。朝鮮かアフリカあたりから来てるんじゃないでしょうかね」

「すると、ソバどころにいて、純粋な信濃のソバは食べられないってわけ?」

「そりゃあ、なかには農家でソバをつくっている家もありますがね、お祭の日でもなければ、一般の人の口には入りませんよ。それに、その土地のソバは、その土地の水がいちばんあいますからね。ソバ粉だけ東京へもっていって、水道の水で打ったって、おいしいソバにはなりませんもの。千曲の水がソバを生かすわけなんで。うちの村には、ソバづくりの名人がいて、もう六十はすぎてますけどね、なんでも日本一だそうですよ」

「ソバと川上犬は有名だからね」

「むかしは、そう、小海線が開通しないころの話ですがね、男の子の仕事はソバと馬なんですよ。馬に子どもをうませて、その子を育て、馬市で売る。主食はソバ。娘っ子は諏訪の製糸工場へ働きに出る。諏訪まで二日《ふつか》がかりでね、ツヅラを背負って、信濃川上の村から信州峠を越えて歩いて行ったそうですよ」

「そうか、じゃ、うまいソバが食べたいなんて、よそもののぼくに言えた義理じゃないな」

いつのまにか、川上タクシーは、快適なドライブ・ウエイを疾走している。八ヶ岳の主峰赤岳は雲の中だが、その雄大な裾野、馥郁《ふくいく》たる高原の無限の展開、闊葉樹林の原生林と小さなカラマツの絨毯、若葉青葉のモミジ、ほっそりとした白樺がそこに。この、ダイナミックに展開する全風景は、ぼくを魅了してやまない。川上タクシーも無言。と、林道に入って、車がガタガタしはじめると、海ノ口牧場が一望のもとにひらけてくる。

ホルスタイン種の牛の群れにまじって、赤い牛が二、三頭、のんびり尾をふりながら、牧草を食べている。ぼくは、車から出ると、カメラを、大きなホルスタインにむけた。六年ばかりまえ、隠岐の島へ渡ったとき、全島クローバーの牧草地を思わせる牧場の牛にカメラをむけたら、テレくさそうに顔を横にむけたのを思い出す。ところが、この海ノ口牧場の牛ときたら、ちゃんとポーズをとってくれるではないか。

＊

川上タクシーは、野辺山までおりてくる。すると、いやでも十五年まえの記憶がよみがえってきて、ふたたび一九六三年八月の「詩人のノート」から――

R——野辺山駅下車。プラットフォームには、白い杭がたっていて、「日本で一番高い駅、標高一、三四五・六七メートル」と墨で書いてある。いかにも高原の駅にふさわしい小駅。八ヶ岳登山口と大きくしるされたアーチのそばに、土産物屋とちいさな食堂兼旅館が二、三軒かたまっているだけで、周囲はひろびろとした草原である(その十五年後に川上タクシーで駅前を通過してみると、さすがに様《さま》がわりしていて、観光ホテルやスナックなどが建ち並び、小型の駅前旅館的な雰囲気をただよわせている。それに自動車の通行量のすさまじさ!)。数十の農家が点在しているが(いまでは北欧スタイルのモダーンな建物に変貌している)、いずれも独特な雪落しの屋根をもち、北海道の村落をおもわせる。ぼくらは八ヶ岳の反対側にある飯盛山にむかって歩く。野鳥がしきりに啼いている。カッコウ、つつどり、ジューイチ、ほととぎす、どのさえずりも北軽井沢の森のなかでおなじみのものばかり。「なんだ、まるで北軽井沢の開拓部落のあたりを散歩しているみたいじゃないか」とぼくが言うと、「でも、土の色がちがうわ」と白狐。なるほど、たしかにそのとおりだ、火山灰地の北軽井沢の土の色とくらべたら、はるかに黒く、その光沢にねばりのようなものがある。午後からくもり出したので、飯盛山のてっぺんさえ雲にかくれてしまったくらいだから、八ヶ岳は、その下半身まで見えなくなってしまった。路のはてるところは灰色の世界で、記憶喪失者の世界のようだ。そして、突然、記憶がよみがえるみたいにツツジの朱色の花が、パッとあらわれたりする。

こんな日に歩いているのはぼくたちぐらいなもので、この土地の二、三の農夫たちをのぞいたら、ハイカーや登山者たちとはひとりも会わなかった。犬や牛さえ、小屋のなかに入ってしまったのだ。

E——飯盛山をこえて清里に下る道を、Rに案内したかったが、空が暗くなったので諦めてしまった。飯盛山という名前の山は、他にもありますが、やっぱり名前の通りの形の山。清里も、その名にふさわしい里で、美しい森や川があり、教会まであるというのに、昔、空腹のあまり畑のとうもろこしを盗んで、林の中で焼いて食べるという、罪を犯した思い出があるところです。

清里の駅に、川上タクシーでたどりついたときは雨だった。パルコスタイルの店が軒をつらね、駅までが白亜の殿堂と化している。ぼくは十五年まえに泊った清泉寮の森のあたりをぼんやり眺めてから、ふたたびジーゼル・カーの旅人になる。清里から、再度野辺山を過ぎると、不思議や、雨はピタッとやみ青空がひろがり、太陽がかがやき出す。甲斐から信濃へ入った瞬間のことである。昔の国境《くにざかい》は、気象状況まで勘定に入っていたのかしら。

「お客さん、ほんとのソバが食べたかったら、小海で降りて、そこからバスに乗り、中島という村へ行ってごらんなさいよ。この村の役場は、いまでもカヤブキで、村中でソバを打っているという話ですよ」という川上タクシーのサジェストにつられて、ぼくは幻の村で一泊することにしたのだ。

＊

標高八六五メートルの小海駅で下車。バスは、幻の村、中島まで、南相木川《みなみあいき》の渓谷にそってカラマツにおおわれた山峡を走る。ほぼ三十分。終点南相木村中島で降りる。すでに時計は夕刻を告げているのに、盛夏の陽は、まだ高い。幻の村中島で降りた乗客は、ぼくを入れて三人。村のマーケットで役場の所在地をきいてから、橋を渡り、村の五番街をぶらぶら歩く。小さな村なのに大きな酒屋が三軒もある。さすが、幻の村。役場は川上タクシーのお告げどおりカヤブキの屋根だった。入口で案内を乞うと、村の観光係だという素朴な青年が出てくる。幻の村が産んだハンサム。

「ソバを食べに来たのですが、民宿を教えてくださいませんか」

「ソバですか？　それはちょっと無理かもしれませんけど、民宿なら、タケガミさんというお婆さんが一人でやっている家があります。そんなら電話をかけてみましょうか」

青年はハニカミながら、白い歯をみせた。

村の五番街を、大きな橋にむかってひきかえすと、お婆さんがテクテクやってきて、ぼくにむかって手をふった。

その夜は、役場の収入役さんのお宅で湯をもらい、塩ジャケとナスの油いため、トマトの大皿に、佐久平のご飯。だしぬけに夜がやってきて、蛍光灯だけが孤独な光を告知する。ナスもトマトも抜群においしかった。タケガミ民宿の農園でとれたばかりの新鮮な野菜。幻の村のトマトとナスを食べていると、五年まえに、黒狐に手をひかれて、インドの聖地サンチーのロッジに泊った夜のことを思い出した。

ぼくは清潔な木綿の夜具にくるまり、幻の村の夜の中にいる。サンチーの夜は、白いヤモリのカップルが鳴く可愛い声をききながら眠ったものだが、この幻の村の夜は沈黙の音しかない。小さな民宿をびっしりととりかこんでいるのは村の精霊たちなのだ。

翌朝は快晴。ただし雲の行き足は早い。冷たい水で顔を洗い、ご飯を三杯。食欲モリモリあり。幻の村は、睡眠と食欲をぼくにたっぷりあたえてくれた。

「村中でソバを打ってるって、話に聞いてきたんだけど」と、お婆さんに声をかけると、

「そりゃあ、旦那さん、一昔まえのことですよ。なにせ若い衆がみんな土地を離れてしまいましたもの。わたしだって、若いころは、日本橋のお寿司屋で二十年も奉公してきたんですからね、ハイ、お勘定ですか、二千六百円いただきましょうか、学生さんですと二千三百円なんですけどね。旦那さんですから、一皿余計にお出ししたんですよ、領収書がおいりなら、そこに紙がありますから、旦那さん、お好きなように書いてくださいませんか」

＊

その日の正午、臼田駅（標高七〇九メートル）で小海線を降りる。ひろびろとした広場。それでいて自動車も人も、まったくまばら。すでにぼくは佐久平に立っている。臼田で降りたのは、文久三年（一八六三）、つまり明治維新（一八六八）の五年前に、一万六千石の殿様松平乗謨《のりかた》が、臼田駅から二キロ弱のところに造った龍岡五稜郭という龍岡城の城址があるということを小海の駅員さんに教えてもらったからなのである。

まず、五稜郭という名称が、ぼくの好奇心をそそった。しかも明治維新の、ほんの五年まえという話じゃないか。

まず、駅前の食堂に入り、ショーユ味のラーメンとコーヒーで腹ごしらえをすると、赤電話でタクシーを呼び出して、佐久平の五稜郭まで乗せて行ってもらう。臼田の町とは反対側、平坦な山道をゆっくり登って行くと、田口峠ごえの、そのふもとに龍岡城址が、ひっそりとうずくまっていた。当時の堀の大半が復元されていて、鯉が泳ぎ、蓮の花が咲いている。

表門のたもとでタバコを吸っていると、群馬観光バスが二台やってきて、花の三十代から四十代くらいの女性たちがゾロゾロ降りてきた。どうやら史跡巡礼の一団らしいので、ぼくもその後尾について行くことになる。

五角型の洋式城塞の跡は、田口小学校とその運動場になっていて、往年の御台所《みだいどころ》の一棟だけが現存している。小学校の方から、カップクのいい老人がスタスタ歩いてくると、一団の婦人たちに一礼して、文久三年の古色蒼然たる御台所の錠前を、おもむろに開けはじめる。察するに、お殿様の末裔《まつえい》か、田口小学校の校長先生かと思われる。

やがて二階建て木造の倉庫の扉がおもおもしく開かれると、一団の婦人たち（中学か高校の先生たちかもしれない）にむかって、龍岡城の由来と御台所の説明にとりかかる――

「どうです、この建物の木材の材質をとくとごろうじろ、外観こそ質素だが、内部はご覧のとおり最上の材質によって構成されている。現代の風潮とまったく逆ですな。松平乗謨は三河の四千石の殿様だったが、この田口村に一万六千石の領地があるというので、ここに洋式の城塞を築かれることになったのです。龍岡藩は小藩にすぎなかったものの、殿様は幕府の老中格の要職にあり、フランス陸軍から習得した近代的な幕府陸軍総裁でもありました。弱冠二十八歳の青年だった殿様はフランス語によく通じ、通弁なしでフランス武官と話をかわされたとも言われております。函館の五稜郭は有名でありますが、あれはフランスの城塞を、オランダ語によって訳されたものからデザインされたものでして、この龍岡城は、フランス直輸入の築城法によって構築されたものと伝えられています。文久三年着工、慶応二年竣工といいますから、明治四年廃藩となり、廃城となった薄命の城とも申せますが、この信州の佐久平の小藩に、近代化のさきがけともいうべき洋式城郭が誕生したことは、じつに意味深長でありまして……」

＊

その夜は、江戸期の天領、佐久米の集散地臼田のいちばん古い旅館に一泊。地酒本菊泉を飲みながら、千曲川の清流によって養われた佐久鯉、鯉のアライを賞味する。泥くささはみじんもなく、かくも歯ごたえのある新鮮なアライは、生れてはじめてだった。翌朝、宿を出て、近代的な建物と武家門とが混在している臼田の町中をブラブラ歩いていると、昨夜賞味した本菊泉の酒蔵があるではないか。佐久米と八ヶ岳山系の水とが見事につくりだした地酒の味が忘れがたく、素通りするのも失礼のような気がして、フラッと酒蔵に入って行くと、総支配人が機嫌よく相手をしてくださって、おまけに、翌日発売になるというソバ焼酎「峠」の三十五度まで、ぼくにご馳走してくださった。臼田の地酒と鯉とソバ焼酎の精霊が渾然一体となって、ふたたび、わが愛車「小海線」の客となったときは、頭から足の爪先までポーッとしてきて、うつらうつらしているうちに、浅間の雄姿が前方に立ちふさがり、ハッと気づいたときは、小諸なる古城の中を、ぼくはうろついているではないか。

いまから五百年まえの長享元年（一四八七）、大井伊賀守光忠、光安の親子が二代にわたって築城した小諸城は、天文十二年（一五四三）、武田信玄によって攻略され、それより三年の歳月をかけて本格的に築城されたという千曲川ほとりの穴城、別名酔月城と呼ばれたという。

その名がいいではないか、酔月城。ぼくの頭は佐久のソバ焼酎にしびれたまま、酔月城の二ノ丸、南丸、北丸、天守台などをさまよいあるき、細いつり橋があったから、このつり橋を渡ったら、いよいよ酔月城の奥の院に推参できるのかと思って、ゆらゆらゆられながらつり橋を渡ったら、そこは小さな動物園になっていて、百獣のうちでも最大のナマケモノ、絶対に群れをつくらないというライオンのカップルが、いかにも退屈そうな顔をして、ぼくのほうを、ぼんやり眺めているではないか——

東　京――浅草

ぼくの若い友人A君にさそわれて、生れてはじめて浅草神社の三社祭、一の宮、二の宮、三の宮の親神輿の宮出しと宮入りを見た。三十男のA君は、京都で生れて、浅草育ち、幼少のころから駒形の「どぜう」の匂いがしみこんでいる土地で、口をパクパクさせながら、歌をうたっていたせいか、彼が酔いにまかせて放歌高吟しだすと、一座のものは、どぜう的音程について行けなくなってしまって、いつのまにか、みんなを黙りこませてしまうという特技の持主である。

ある大手の出版社の編集者であるA君、遠い電話口から、どぜう的発音――

「ねえ、タムラさん、あなただって、江戸ッ子のはしくれでしょ？　三社さまの宮出しと宮入りを見ないことには話になりませんよ」

「じゃ、どうしたらいいの？」

「五月十五日、午前五時に、雷門のまえでお待ちしてますよ。朝が早いから、ホテルは、上野の山のそばにとっておきました。前の晩は、そこで一眠りしてください。池之端ですから、閑静なものですよ。では、いいですね」

＊

そこで、ぼくは鎌倉の谷戸からモソモソと這い出すと、A君ご指定の上野の山のホテルにおもむいた。上野、浅草とくると、ぼくの幼年期から少年期にかけての王国ではないか。夏の明け方の不忍池の蓮の音。浅草の仲見世の裏通りのおなじみの「宇治の里」という料理屋で、祖父母とお昼のタマゴ焼を食べていると、きまって上野の寛永寺の鐘がひびいてきて、小学校一年生のぼくを、おびえさせたっけ。たしか昭和四年あたり。

不覚にも、ぼくはノスタルジックになり、年がいもなく胸とどろかせて、十四日の夜、上野の山に来てみれば――

あわれ、上野の森は、けばけばしいイルミネーションと車の洪水と、その轟音に包囲されてしまっていて、お名指しのホテルもたしかに池之端にあることはあるのだが、両隣はポルノ映画館で、ぼくの部屋のナンバーは、４０９号室。よくも縁起の悪い数字がそろったもので、ムッとする部屋に入れば、アルミサッシ越しに、車の轟音と、けたたましく鳴りひびくポルノ映画館の割引タイムのベルの音。わが幼年時代の王国の夢は、むざんに粉砕されて、ウイスキーをダブルでひっかけると、まだ宵の口だというのに、ぼくは毛布を頭からひっかぶってねむってしまった。なにせ、明日は夜明けまえに起きなくちゃ——おお、観音様！

浅草の観音さまのおかげか、その翌朝、午前四時にパッチリ目をさますと、朝風呂に入って身を清め、約束の時間に雷門のまえで、眠い眼をこすりながら若い友人を待っていたが、待てどくらせどA君はやってこない。前日まで五月晴れがつづいたというのに、その日の空はどんより曇り、それに肌寒い風が吹いてくる。さすがに三社祭のクライマックス、宮出しの夜明けで、ハッピ姿の若者たちが、ねじり鉢巻にワラジがけというスタイルで、三々五々、雷門のまえに集ってきて、グループごとに集ると、祭提灯と祭礼の花飾りをつらねた仲見世通りをぬけて、浅草神社の境内のほうへ——

ぼくは、肌寒い川風にガタガタ震えながら、雷門の横手の、鳩の糞に白くまみれているベンチに腰をおろすと、若ものたちのファッション・スタイルに目をみはる。男たちの大部分は、さまざまなデザインを凝らしたハッピに、グループを表示するねじり鉢巻。二本の裸足がニョッキリ出ている。なかには、藍染めの腹がけに細身のモモヒキ、網のデザインのハッピにワラジがけというイナセな若者もいるが、このスタイルは、圧倒的に下町育ちの娘さんに多い。つまり、木綿のジーンズのバリエイションで、白い鼻緒の草履と豆しぼりのねじり鉢巻が、藍染めの木綿の生地と絶妙なコントラストをしめして、娘さんたちを、ひときわモダーンにする。それに、どの娘さんも、そういういでたちで、髪をくしあげ、キリリと鉢巻をしめると、ちょうどパリジェンヌが黒いベレを額にかけて浅くななめにかぶると、すごくシックに見えるように、みんな、粋で、イナセで、べっぴんに見えてくる。駒形橋のあたりから吹いてくる隅田川の朝風のつめたさも忘れて、下町の娘さんたちのモダーンな風俗に見惚れているうちに、約束の五時が、いつのまにか六時ちかくなっているのに、ハッと気がついた。

「あのヤロー、ひとを四時にたたき起したくせに！」

と、交叉点を渡って、小肥りのイナセなおにいさん、網模様のユカタに、仲見世と白く抜いた藍の印バンテン、茶の角帯に白い鼻緒の草履といった角刈りの若い衆がセカセカやってきたかと思うと、ぼくにペコリと頭を下げた。

「昨夜は宵祭で、家のものまで寝坊してしまいまして。ええ、お神酒《みき》所をまわってから、おそくまでゲラを読んでいたもんですから。さ、社務所へまいりましょう」

A君のイデタチに、ぼくはびっくり仰天。こんなに頭のてっぺんから足の爪先まで凝ってたんじゃ、とても約束の時間には来られっこないよ。

明治十七、八年ごろに、雷門から仁王門にいたる両側の出稼ぎ店や掛茶屋、飲食店などを立ちのかせて、銀座のペイブメント用に買いこんだ煉瓦があまったので、そいつを舗道に敷きつめたという、朱塗りの仲見世を、ぼくらはブラブラ歩いて行く。さすが、三社祭とあって、その熱気で、四十四町内の氏子たちは、おとなしく眠ってはいられないらしく、まだやっと六時をまわったばかりなのに、ほとんどの店屋が戸口をあけ、ユカタ姿の老若男女がソワソワしながら、出たりひっこんだりしている。そして、浅草四十四町内の氏子はおろか、赤坂日枝神社、神田明神の氏子たちをはじめ、大江戸八百八町のお祭狂たちが、なんとしてでも一の宮、二の宮、三の宮の親神輿をかつがんものと、その町内の粋なデザインのハッピを着こみ、チーム・メイトともども、四方八方から浅草神社の境内めざしてラッシュしてくる。

＊

「タムラさん、三社祭のいわれをご存じですか」

ぼくらは嵐のような熱気をはらんでいる境内をさけて、仲見世の裏通りに出ると、すでにお巡りさんたちが警戒にあたっている二天門をぬけて、浅草神社の裏手へ。

「三社さま、三社さまと、赤ん坊のときから、耳にタコができるくらい聞かされて育ったが、そういわれてみると、さっぱり分らないな。清元の三社祭は、戦前からおなじみだったけどね」

「二人の漁師が善玉悪玉の仮面をかぶって踊る、あれですね。じつは、その漁師たちが三社さまの大権現なんですよ」

「ホッホー」

「浅草寺縁起によると、推古天皇の三十六年、七世紀初頭ですね、その三月十八日、浅草浦(いまの隅田川)で漁に精を出していた檜前浜成《ひのくまのはまなり》、竹成《たけなり》の兄弟が、打った網のなかから一寸八分の人型の像が出てきた。その日にかぎって、魚は一匹もとれず、いくら像を海中に投げすて、場所をかえて網を打っても、人型の像がかかる。さすがに、漁師の兄弟も不思議に思いましてね、その像を捧げて、ぼくが住みついている駒形のあたりから浜にあがり、土地の文化人である土師真仲知《はじまなかち》に見せる」

「じゃ、きみは土地の文化人だから、土師真仲知の子孫かもしれんぞ。いっそのこと半仲知《はんなかち》と号したらどうだい?」

「まぜっかえさないでくださいよ。そこで文化人は一見すると、これは自分も帰依《きえ》している尊い聖観音像だ、と二人の兄弟にその功徳《くどく》を説き、自分の屋敷に御堂をつくって、その聖観音像を三人でお祀《まつ》りすることになったんです。これが浅草の観音さま、つまり浅草寺の縁起でしてね、後世、この三人は、浅草のフロンティアとして三社大権現の尊称を奉られ、おまつりされるようになる。これが、ほら、あそこに見える浅草神社ですよ」

ここでぼくらは、お巡りさんがロープを張ってガードしている裏門から、浅草神社の社務所に入る。なにしろA君は「土地の文化人」だから、フリーパスである。

観音さまの艮《うしとら》（東北）にある浅草の惣鎮守、浅草神社は、三代将軍徳川家光が慶安二年（一六四九）に建立したもので、維新前は三社権現と称していた。明治五年、太陽暦に改まると同時に、江戸時代の祭日三月十七、十八日を五月中旬とし、浅草神社とした。十七世紀中葉に建立された本殿、幣殿、拝殿の権現造り風の社殿は、関東大震災、太平洋戦争の戦火にも生きのこり、浅草という江戸町人文化の中心に息づいている。その呼吸のリズムこそ、三社祭のリズムそのものなのだ。すでに社殿は、神官、拍板《びんざさら》を舞う「拍板保存会」の連中を中心に、浅草四十四町内の氏子たち、氏子総代、祭礼の幹事、粋筋のきれいどころ、長唄、清元のお師匠さんたちで、立錐の余地もない。ぼくらは社殿の廻縁に出て、かろうじて熱気うずまく境内のリズムを感得する。ぼくの眠気はたちどころに去り、体内を熱いリズムが貫流する。駒形育ちのA

君も瞳をキラキラさせながら、社殿にむかって、三の宮、二の宮、一の宮の順で並んでいる三基の親神輿、そして、その黄金色に光る神輿を十重二十重にとりまいて、宮出しの瞬間を、固唾《かたず》をのんで待ちかまえているねじり鉢巻に揃いのハッピ姿の数千の若衆たちの、千三百年前の浅草浦に打ちよせる波の音のような息づかいを見つめている。

＊

「神輿の取手に手をかけている連中は、それこそ夜明けまえから、不眠不休でしがみついているんですよ」

とA君。

どんよりとした鉛色の雲が切れ、初夏の太陽の光が境内にさしこんでくる。

午前七時、待ちに待った宮出しの時がきた。紋つきの羽織袴に白足袋、それにピンクのバラの花がついているカンカン帽をかぶった氏子総代が、ご幣をささげながら、社殿の先頭に立つ。浅草浦の波の音のごとき熱気のざわめきとリズムは、その瞬間、水を打ったようにピタッと静まる。ぼくらの耳にきこえてくるのは、上空を飛び交う新聞社、テレビ局のヘリコプターの爆音ばかり。高層ビルの屋上からはカメラの放列。

境内の外郭は、機動隊によって規制されている数万、数十万の群衆たち。

「本日は、お日がらもよろしゅうございまして……」

カンカン帽を片手に、ご幣をささげた氏子総代がお祝いのメッセージを告げると、待ってましたとばかり、境内を埋めつくしている数千のハッピ姿の若衆から、歓声とともに嵐のような拍手。やがてカンカン帽氏が手じめの音頭をとると、シャシャシャン、シャシャシャン、シャシャシャシャンシャン……の大合奏、浅草浦の漁師檜前浜成、竹成兄弟の網にちなんだハッピのデザインと色とりどりのねじり鉢巻の地模様が、大きなうねりをつくると、間髪入れず、江戸ばやし特有の祭囃子が高らかに鳴りひびき、石の大鳥居の手前の一の宮の親神輿が、ワーッという大歓声とともにたかだかと浮上する。観音さまの数百の鳩がびっくりして空中に舞いあがり、親神輿は、いせいのいい掛け声、「ソヤッ、ソヤッ」「オイサ、オイサ」「ワッセ、ワッセ」そして万雷のごとき手拍子とともに、大きく左右にゆれながら、千三百年間つづいてきたコミュニティのダイナミックな力学を現出せしめるのだ。一の宮が、石の大鳥居をくぐりぬけると、つづいて二の宮、そしてまた三の宮……

印バンテンのA君は、まるで自分が神輿をかついでいるみたいに、リズミックにからだを動かし、「ソヤッ、ソヤッ」の掛け声とともに、機動隊のマイクの怒声が飛び交う境内の熱気に陶酔しきっている。このぼくにも、その熱病のごときリズムと陶酔が伝染し、正体不明の感動がわが魂をつらぬくのだ。「よし、来年も、どんなことがあったって宮出しを拝見するぞ!」

三の宮が大鳥居をくぐりぬけると、境内をうずめつくしていた数千の氏子たちも、神輿とともに渦巻状に移動していって、玉砂利の上にのこされたものは、ワラジや手ぬぐいの類ばかり。

一の宮、二の宮、三の宮の三体の親神輿は、浅草四十四町内を三方面に分れて、氏子各町を順次に渡御するという。渡御というのは、江戸時代、神輿を船にのせ、浅草川を漕ぎのぼって、駒形岸や花川戸岸から上陸する船祭の名残りなのだ。

A君がユカタのふところから出したパンフレットによると、一の宮は、仲見世から花川戸に出て、馬道、象潟、猿若町、言問通りをねり歩いて宮入りという東部各町。二の宮は、観音堂西側に出て、西浅草、千束、千草、堤、富士横町を通る西部各町。三の宮は、仲見世をぬけて雷門、田原門、寿町、駒形、公園、そして雷門に出て仲見世より宮入りする南部各町。

ぼくらは、五百店にのぼる屋台、焼きソバ、タコ焼き、タイ焼き、玩具、綿菓子、風船、アイスクリーム、氷アズキ……多彩な原色と村落的な匂いがたちこめている屋台と屋台のはざまを通りぬけて、仲見世の裏通りへ——

「タムラさん、午前十時になると、各町内の大小の神輿がいっせいに動きだしますからね、馬道から吉原にかけてブラブラ散歩なさったらいかがです？ ぼく、読み残しのゲラがまだあるんで、ひとまず家にもどりますけど、昼食は、浅草公園の裏手の料亭に席がとってありますから、十二時半ごろ、いかがでしょう？ じつは芸者衆の組踊りも予約してあるんで。ええ、見番のすぐそばの家です。昔の宮戸座のまんまえで。いやあ、ご心配なく、伯父の紹介で、学割にしてくれるんですよ。では、お昼に」

印バンテンのA君は、白足袋の足どりも軽く、人波の彼方に消えて行く。

＊

午前八時、さすがにのどが渇いたので、メトロ横町の喫茶店で、ぼくは一服、ハードボイルドの卵とビール。さて、ひさしぶりで、浅草を歩いてみるか。この世に生を享《う》けてから、大戦のなかに投げ出されるまで、ぼくはどんなに浅草のお世話になったことか。昭和十年の春、深川越中島の商業学校に入学すると、クラスメートに、浅草の住人がたくさんいて、「濹水会」というクラブまでつくったっけ。十二階時代以来の名門の中華料理屋の息子O、彼はフィリピンで戦死してしまった。SパンのS。国際劇場のならびにあったソバ屋の息子。花柳界のなかに住んでいた小学校校長の息子Y。彼は戦後病死してしまった。

ぼくの足は、おのずから区役所通りに入っていって、ぼくらの溜りだった喫茶店「ベルリン」のあたりを通る。むろん、三十五年まえの「ベルリン」は影も形もない。ところどころにお神酒所があり、祭囃子が狭い横町をへだててエコーしあっている。そこここに、網と巴のユカタの老若男女……ぼくは六区の活動写真館通りに出る。Sパン屋は健在だが、「来々軒」は消えてしまっている。大正末期以来の電気館の古い壁のデコラティブな装飾を見あげ、笑いの王国だった常盤座のまえを過ぎ、東京倶楽部、おお、洋画の封切り館だった昭和のモダニズムの結晶、大勝館は、二、三年ほどまえボウリング場に変身してしまった。オオ、まさに浅草である。ボウリング場がすっかりサビれて、倉庫やスーパーなんかに身売りしているという時代に、おもむろにボウリング場を華々しくひらいてやってるんだから。とにかく、とにもかくにも、一時代ズレていますヨ、浅草は！　そのズレが、大ズレが、浅草という古代拝火教の聖地から発する原初的村落的な郷愁を、われらの胸中によびおこすのかもしれない。

と、だしぬけに、シブい色の煉瓦づくりの超近代的ビル。おや、瓢箪池が消えてなくなって、非浅草的なビルが出現したゾ！　なんだい、ありゃあ？　看板もなければ、ショーウインドウもない。いやにスマした感じ。仔細に観察した結果、馬券売場だということが分った。駐車場のおびただしい自転車群。この一角だけは、三社祭とはまったくの無縁。不精ヒゲにヨレヨレのズボンをはいた下駄ばきの男たちが、群れをなして、シックなビルを出入りしている。ふと上を仰げば、隠しカメラ（T・V）まで装備されているじゃないか。ぼくは鼻白み、花屋敷、木馬館を右手に見て、千束通りを、吉原にむかって、ひたすら歩く。

もっとも、ぼくの風体《ふうてい》だって、三社祭とはまったく無縁じゃないか。去年の春、インドを旅行したときの茶褐色の上張りに、白いゴムの運動靴。ぼくはペタペタと浅草という拝火教の聖地を巡礼し、いまや六区から脱出して、千束通りをまっしぐら。一路北上。言問通りを突っ切って、浅草三丁目に入ると、なんとはなし、江戸時代からの吉原の匂いがただよってくる。

三丁目、四丁目と大きなお神酒所があって、祭囃子が交差しあい、ぼくがペタペタ歩いている舗道は、ユカタ、ハッピ、ハラガケ姿の下町娘たちが、頬を上気させながら、しきりと行きかい、細い横町の小さなお神酒所から手じめがひびいてくると、彼女たち、足もとめずに、手じめの合奏。やがて、三丁目、四丁目の町内神輿が浮上すると、祭囃子とともに、威勢のいい掛け声、「ソヤッ、ソヤッ」「ワッセ、ワッセ」つまり、浅草神社の宮出しのミニチュア版で、拍子木をうつ町内の長老のあとから、おや、子ども神輿まで出てきたぞ。

小学生用の超ミニの神輿、そのあとから中学生用のミニ神輿。なるほど、これじゃ四十四町内だけで、八十の神輿があるはずだ。しかも、超ミニ、ミニの両神輿、いずれもかつぎ手は四分の三が女の子で、のこり四分の一は、モヤシのような男の子がぶらさがるようにして、くっついている。ヤリマスナア、ちかごろの女の子は！　ぼくは五丁目の手前を左に折れると、千束三丁目、四丁目の一角に入る。吉原！　真昼の吉原！　江戸時代からの不夜城も、大正十二年の関東大震災と太平洋戦争末期の米軍の大空襲に直撃され、戦後バラックで復興したものの、昭和三十三年の売春防止法によって完全にトドメを刺され、いまでは殺風景な街と化してしまった。その真昼の吉原を、ぼくは運動靴をペタペタ鳴らしながら、無目的に歩きまわる。午前十時をすぎたばかりだから、ほとんど人影がない。ところどころに祭礼の提灯がぶらさがっているものの、浅草寺近辺の活気とはおよそ縁遠い。細い路地から樽神輿がヨロヨロ出てきたが、鉢巻をしめた子どもたちがかついでいるだけで、大人もついてこない。

吉原は、自然災害と、戦争という政治的災害によって壊滅させられ、戦後は赤線廃止によって、完全に死滅してしまった町。ぼくの目には、ゴースト・タウンとしか映らない。紀伊国屋文左衛門が黄金の雨をふらせたという大門《おおもん》も、いまではガソリン・スタンドに占領されてしまって、車の洪水に身をさらされているだけ。

＊

ぼくはアスファルト道路を一気に飛び越えると、浅草五丁目の町内に舞いもどる。ここには下町特有の陰影の濃い町屋が立ちならび、出窓や門前におかれている鉢植えのみどりが、ぼくの目にやすらぎをあたえてくれる。朽ちたアパート、その閉ざされた窓には、質素な白の下着類が五月の微風にそよいでいるばかりで、人声もしない。犬も猫も鳴かない。はるか彼方から、青空のひろがりだした空間をわたって、かすかにひびいてくる祭囃子。

ぼくは足のむくまま、公園裏に狙いをつけて、曲りくねった路地や横町をペタペタ歩き、だしぬけに、小さなお神酒所のまえに出たりして、神輿の出はらったあとの空虚な屋台の上で、老人がひとり、冷酒を飲みながら、ぼんやり留守番をしているのを、眺めたりして。

と、道が大きく開けたと思うと、両側に、柳の並木。ぼくの嗅覚は、すでに花柳界であることを嗅ぎわけている。黒塀と見越の松という、まるで歌舞伎の書き割りのような古典的な料亭と細格子の芸者屋などが軒をつらね、やがて浅草三丁目の大神輿が出るところなのか、見番のまえは、ハッピ姿の若衆がむらがっていて、その半裸体の黒山を、ぼくはかきわけかきわけ。箱屋さんが三味線を入れた箱をかついでは、さもいそがしそうに、見番をひっきりなしに出入りする。

正午をまわったところで、ぼくはお名指しの料亭に、運動靴を脱ぐ。二階の大広間。いたって趣味のいい座敷。一隅に、ハイファイの装置があるところを見ると、この座敷は踊りの会にもつかわれるのだろう。

ぼんやり煙草をくゆらしながら、あたりをキョロキョロ眺めていると、この家《や》の一人娘で、つい最近まで芸妓に出ていたという若い内儀が入ってきて、

「お連れさまがおみえでございます」

お連れさまというのは、云わずと知れた小肥りの若旦那、A君だが、あいつは、見かけにもよらず仕事熱心なんだな、お祭で、しかも日曜日の昼間だっていうのに、自宅にひきかえして、ゲラに目を通すなんざ、見上げたものだ。ぼくは心のなかでA君を賞讃しながら、ふと顔をあげると、大広間の中央に立ちはだかっている小肥り男の衣裳に、ぼくは思わず息をのんだ。——豆しぼりの鉢巻を細身にしごいて、その角刈り頭にクルッと一巻き。藍染めの腹がけにモモヒキ。そのモモヒキも、足ンとこでピ

ンとしていて、紺の足袋とモモヒキのスソのすき間《ま》が指一本ぐらい空《あ》いているという凝り方。それに寺のシンボルマーク鉤十字をあしらったデザインのハッピ。茶の細帯をしめて、背中にワラジをたばさんでいる。

なんだい、凝りに凝りやがって。これじゃ、ゲラなんぞ読んでいるヒマがあるもんか——ま、いいやナ、年に一度の三社祭。

まずはビールで乾杯ということになって、コップを一息で飲みほすと、それを合図に、出てくるわ、出てくるわ、浅草花町のきれいどころ……幸田文さんそっくりの、裾模様は波形の、品のいい大内儀まで登場してきて、

「この妓たち、みんな二代目なんですよ。芸熱心で、母親ゆずりの器量よし。三社さまの氏子で、お祭が大好きという連中ばかり、あと、数年もすれば三代目がお座敷に出るようになりますよ、さ、おひとつ、いかが？」

A君は、紺のモモヒキで、きちんと正座したまま盃を受ける。ぼくも辛口をグビリグビリ。サカナは三社さまの祭礼とあって、お煮しめに赤飯。

そこへ、威勢よく組踊り「舞奈鶴」連中が、ドヤドヤとおどりこんでくる。金棒が老妓由美子、雅也の大ベテラン、それに中年増の弥重子の太鼓、愛子の三味線、踊り手は、若手のべっぴん、鈴てる、小ひで、桂子、杏弥というチーム・ワーク。旧幕時

代の木遣《きや》りを忠実に伝承して再現する手古舞。いずれも手古舞姿で、拍板《びんざさら》神事を連想させる大太鼓が座敷に鳴りひびくと、A君もぼくも、まさに恍惚の境。ひさしぶりで嗅ぐ脂粉の香と辛口の銘酒がミックスして、ぼくらは三社祭交響楽の渦中にまきこまれる。

「姐さん、お銚子、ドンドンもってきて！」

＊

いつのまにか夕闇がせまってきて、祭礼の提灯に灯がともり、四十四町内の祭囃子と歓声が夜空にとどろくころ、ぼくはハッピ姿のA君と群衆のむらがる雷門のまえで左右に別れる。

「いよいよ、三の宮の親神輿の宮入りですからね、タムラさん。ご老体なんだから、あの雷オコシの二階にあがって、ビールでも飲みながら、じっくり眺めてくださいよ。ぼくは氏子ですから、二階から見おろすなんて失礼な真似はできません。駒形橋あたりまで出迎えて、宮入りを拝むことにしますよ。じゃ、ゴメンナスッテ！」

いいいなせなA君は、ハッピ姿のからだをひるがえすと、たちまち群衆のなかに消えてしまった。ぼくは、ヨロヨロと、雷オコシの二階のパーラーにあがっていって、窓ぎわのテーブルにつく。つめたいビール、おくれ。

雷門の周囲に、観衆といおうか、氏子といおうか、それとも野次馬か、その数、数万、いや、十数万の群衆がびっしりととり巻き、管内の警察、消防団員、機動隊まで総動員して、交通規制。ガード側のライトと、祭礼の光とが交叉して、その乱反射のさなかに赤塗りの雷門が浮上している。仲見世の屋根には、T・Vカメラマンが陣取り、ときおり黒い群衆のなかから、カメラのフラッシュ。

と、仲見世通りから白い紙子を着た若者が数名、神輿のスタンド（?）をかついで、雷門のまえでセットしはじめる。ははん、ここで、三の宮の親神輿は一服というわけか。

二本目のビールをつぎかけたとき、ちょうどそのとき、駒形あたりからドッと歓声とどよめきがあがる。午後七時三十五分。雷オコシの二階のパーラーの客、ウエイター、老ウエイトレスまで、いっせいに窓ぎわに駆けより、窓から上半身乗り出す。

おお、高張提灯が二本、つづいてさらに二本、ゆったりと、電車通りをゆったりと、あかあかと灯をともして、雷門に近づいてくる。そのあとから、四十四町内の独自のコミュニティのシンボル・マークをつけた丸い提灯を鈴なりにつけた屋形船の山車《だし》、その山車からは歯切れのいい江戸ばやしがとどろきわたり、そして、三社祭独特の掛け声、「オイサ、オイサ」「オリャ、オリャ」「オイサ、オイサ」

見えてくる、見えてくる、夜を彩る初夏の祭礼の光の乱反射のなかから、三の宮の親神輿がうねり、大きくうねりながら、雷門の手前まで。そこで万雷の拍手とともに、金色の神輿はスタンドに据えられる。そのあとから、機動隊の大型装甲車がつづき、機動隊員が、そのてっぺんから、マイクで人と車を規制しつづける。

「ソコノ車、トマリナサイ！　ソコノ人、ロープカラ出テハイケマセン！　オヤッ！　交番ノ屋根ニノボッテイル人、オリナサイ！　ハヤクオリナサイ！」

ぼくも、野次馬とともに、雷門のそばの交番の屋根の人を見る。二十五、六歳のアメリカ人。「交番ノ屋根ノ人！」機動隊員が叫ぶたんびに、野次馬の大哄笑。相手は外国人なんだから、いくら日本語で叫ばれたって、チンプンカンプン、アメリカ人は、交番の屋根の上にアグラをかいたまま、ビクともしない。「オイ、交番ノ屋根ノ人、ハヤクオリナサイ！」そこで、大哄笑。機動隊員がライトをアメリカ人に直射すると、やっと青年はびっくりして、自分の鼻に指をさして、「ボクノコト？」といったジェスチャー。そこで野次馬、またまた大哄笑。アメリカ人があわてて交番の屋根からとびおりると、宮出しのときの、カンカン帽氏が神輿の取手の上に立ちはだかり、宮入りの宣言。

そこで、シャシャシャン、シャシャシャシャン、シャシャシャシャンシャンの大合奏！　かつぎ手は全員エキスパートと交替。白鉢巻の鳶の連中が、サッと神輿をかついだかと思うと、その瞬間、江戸ばやしがとどろきわたり、アッというまに、一直線、金色の大神輿は、せまい雷門を、いともスムーズに通過、それからゆったりと、ゆられゆられながら、仲見世通りをねりあるき、みるみるうちに三社さまの境内へ——オイサ　オイサ　オイサ　オイサ……

京都

また新幹線に乗った。今年（昭和五十年）の一月は、なんとも忙しい。食堂車に入ったが、さすがにこんどは自重した。ビールを一本飲んで、海老フライ定食をきれいに食べた。午後四時半に、名著「古庭十章」の著者奈良本辰也氏と、京都の木屋町の料亭でお目にかかることになっている。ある百科事典を出している出版社が、読者へのアフター・サービスにパンフレットを出していて、奈良本氏と「庭について」対談せよ、ということになった。ぼくはあわてて、「古庭十章」を読み、京都の名庭について、若干の知識を仕入れた。

京都には午後二時についた。空は晴れわたり、春のようにあたたかい。「古庭十章」で仕入れた知識によると、室町初期の西芳寺、中期の金閣寺、後期の銀閣寺、この三つの庭をめぐるのが理想的なコースの一つなのだが、時間的な余裕がない。そこで、東山のふもとにある江戸初期の詩仙堂の庭と、銀閣寺の銀砂灘と向月台を見ることにした。

詩仙堂は、石川丈山の隠居所。丈山、名は凹、幼名重之、通称嘉右衛門、あざなは孫助、六々山人、凹凸窩などの号も有す。徳川氏譜代の家臣で、武芸百般に通ず。大坂の陣で、抜けがけの一番槍によって、軍律違反に問われ、牢人となる。その後、浅野家に仕官したが、寛永十三年（一六三六）、京都の北東一乗寺に詩仙堂を建て、詩文にはげむ。師藤原惺窩《せいか》にその天才をみとめられ、林羅山、堀杏庵、野間三竹と交遊す。著書に、新篇覆醤集《ふしょうしゅう》、詩法正義、詩仙詩、朝鮮筆語集など、と、ぼくが持っているWho's Whoに出ている。

白川の砂をしきつめた前庭に、椿の木があって、ぼくは母屋に入る。シーズン・オフだというのに、若い男女の先客がたくさんあって、漢、晋、唐、宋の代表的な三十六人の詩人の肖像画がかかっている「詩仙の間」の四畳半もひといきれに満ちている。ぼくは、樹齢四百年というサザンカの老樹を、ぼんやり眺めているだけ。

銀閣寺の庭も、人声と足音にみちていて、これが観光シーズンなら、いったい、どういうことになるのかしら。白昼の向月台と銀砂灘を横目で見て、上の庭、初期浄土庭園の原型を模したといわれる枯山水の石組と、お茶の井をながめておりてきたが、この月光寺院の庭を満喫するためには、秋の満月の夜、寺塀をのりこえて、ひとり忍びこむよりほかに手はなさそうだ、と、ぼくは空想する。

木屋町のTという料亭で、奈良本氏から、京都の庭について、お話をうかがう。対談という形式だが、なんといっても氏は、四十年、京に住み、京の庭を熱愛し、またご自分の家の庭まで造るという歴史学者なのだから、先生と新入生の関係である。関東育ちのぼくは黙って拝聴しているほかはない。おかげで、傾聴に価するお話を、たくさんしていただいた。そのあと、氏に連れられて、祇園裏の飲み屋で、クマ酎を御馳走になる。その夜、白川のほとりにある古い宿屋で、ぼくは湯タンポを抱きかかえながら、クマ酎に酔った舌で、あらぬことを口走った。京の庭は、閉じられていなければならぬ、閉じられていてこそ、京の庭なのだ、どうしても、京の庭が経験したかったら、忍びこむのだ、観覧料を払った瞬間、京の庭は消滅する……

＊

帰りの食堂車のなかで、金色のウイスキーを飲みながら、京の庭と対極的にある、北米中西部の庭のなかにある町を思い出した。

町ぜんたいが芝生におおわれていて、碁盤の目のように縦横にのびている道路に面して、白、灰色、そしてあかるい緑色のペンキ塗りの、コテージ風の木造の住宅が、ゆったりと並んでいる。コセコセした柵もみあたらないし、大仰な石塀や鉄の門もなかった。家のところどころに生えている木々も、いかにも自然であって、職人に刈りこまれたようなぎごちない感じなど、まるでしない。大木はおもに樫や楡《にれ》で背はあくまで高く、その枝ぶりには威厳がある。

小さな田舎町を一歩出れば、見渡すかぎりのトウモロコシ畠であって、ネブラスカ、アイオワ、イリノイ、インディアナ諸州いったいにわたるコーン・ベルト。空も野も、なに一つさえぎるもののない巨大な空間のなかに、ところどころ、ひとかたまりの芝生の庭があり、その庭のなかに町があり、町のなかにポーチと歩廊のついた木造の家がある。

長い冬のあいだ、活発に動きまわっているものは色とりどりの玩具のような自動車だけであって、気の遠くなるような原色のブルーの空と、切株だけのトウモロコシの沃野は、まるで死んだみたいに動かない。雨もふらなければ風も吹かない。常緑樹もほとんど見あたらない。冬の花もない。鳥もとばない。芝は枯れて、むきだしになっている地肌のそこここに、ポツンと灰色の家々がたっている。家と家は並んではいるが、まったく切り離された孤独な存在になっている。「庭」をさがしてもどこにもない。「庭」は家のなかにも外にもない。話し声もきこえない。酒場だけは午前九時からやっていて、厚いバーにもたれて、初老の肥った婦人がビールをしずかに飲んでいるくらいのものだ。町の商店が眼をさますのは、午前十時からだ。日曜日は、教会以外は、みんな死んだふりをしている。

木の影　雲の影が
地球の球体一ぱいに落ち
地球は、片腕を目の上にやって眠っている
…………
ひな菊に風が立って
木々はため息をついている
「家々や庭は幻影である」
木の葉の影　雲の影
そして風は　見渡す限り動いている……

（ルイ・シンプソン「風、雲そして繊細な地球の円弧と」石田安弘訳）

　ある日、風が動いた、ぼくは町はずれを歩いていて、フッと青いものをみつけた、針のような細い芝草が二、三本生えている。すると面白いように、地肌のかげに、何本も見つけることができた。大きな楡の木のかげから、リスがぼくの顔を見つめている。すると、べつの木にもリスの眼が……ぼくはコートを脱いだ、マフラーと手袋もはぎとった、町がうごき出した、突然、夏の日のような強い陽がさしこんだ、いっせいに、ひろびろとした庭がよみがえった、庭のなかで町は目ざめた。町のなかで、家はゆったりと、家々のなかに、その場所をしめる、もう孤立してはいない、芝生の新鮮な流れが、家と家とをむすびつける。窓がひらく、シャム猫やペルシャ猫がノッソリと出てくる。スミレ、チュウリップの花がひらく、ぼくは歩いていて、突然、東洋の花に出会う、連翹《れんぎょう》！

沖縄

七月二十八日に沖縄海洋博の政府出展の海洋文化館に招かれて、沖縄へ行ってきた。その日の午後四時半から一時間、詩の朗読とおしゃべりをしてくれというので、同行の詩人は、川崎洋さんと吉原幸子さん、それにモダン・ダンスの山田奈々子さんという顔ぶれ。

沖縄の土を、ぼくは生れてはじめて踏んだ。地上最大の激戦地だった南部に背をむけて、ぼくらはホーバークラフトでエキスポ・ポートへ。洋上速力九〇キロというハイ・スピード。午後二時に会場についてしまったから、「海と詩」というプログラムがはじまるまで、海洋文化館の展示物をゆっくり見る。ニューギニアのパプア湾の交易用の大型カヌーや戦闘用のカヌー。フィリピンのバジャオ家船というバジャオ族の水上生活船。それから、インドネシアの山岳民族トラジャ族の屋根が船型の豪華な家。

そして、マレーシアの死者の船、サラワク州のメラナウ族が、海難事故で、海底ふかく沈んでいる部族たちの霊を、天におくりとどけるための精霊船。ぼくと川崎さんにひとりずつ美しいホステスがつきそってくれて、丁寧に説明してくれる。吉原さんと山田さんは、詩と舞踊を組合せて、三十分ちかく熱演してくれるというので、その演出の打ちあわせのためか、展示場には姿を見せない。

それから、ポリネシア文化を中心とする太平洋地域の人間と海との有機的なつながり、漁撈用具、生活用品、信仰と儀式のための品々のディテールを見てあるく。そのデザインの美しさ。その堅牢さ、人間の手によって創り出され、継承されてきた諸形態に、ぼくの心はすっかり魅了されてしまう。

＊

東京水産大学学長の佐々木忠義氏は、海と人間について、つぎのように書く――

「人間は、その大昔の血統を体内に宿している。単に血統だけではない。生命の象徴となっている血液をとどめている。その血液は、単に祖先の名残りとしてとどまっているだけではない。その化学的組成からみても、その中の塩類や比率が、海水のそれと奇妙なほどよく似ているのである。額ににじむしょっぱい汗、人間の胎児にある鰓孔《えらあな》など、すべては人間が大洋から発生したことをおのずとあらわし、示しているのである。……人間はその昔、海を生家としたのであろうか。それはともかく、何世紀にもわたって海は強烈な生命の秘密を大事にしまいこんでいるのである。海の中には、何千、何万種もの動物がいる。生命の源をなしたものによく似ている各種の単細胞生物をはじめとして、何十トンもある巨大なクジラにいたるまで、想像を絶する多くの動物群が、海面からわずか三―四キロメートルのところで人知れず生育し、そして死んでいくのである」

（『論展』八月号「海はわれわれに何を与えてくれるか」）

＊

海が死ぬ
けふも死ぬ
日が暮れる

月が死ぬ
けふも死ぬ

夜が明ける
時が死ぬ
けふが死ぬ
人も　死ね

惜しげなく
いくたび死んで
時がまたくる

死ぬ海の
死ぬ月の
うつくしさ

色あせず
暮れもせず

のこるなら
人だけが
醜くからう
人も　死ね

（吉原幸子「瞬間」）

海洋文化館のプラネタリウムのある映像ホール。ダーク・ブルーの椅子三百、ブルーライトが、美しい円環をつくりだすと、吉原さんの詩の声に誘いだされて、純白のタイツ姿の山田奈々子さんが、その円環のなかで、垂直軸の動きを展開させながら、超モダーンの舞踊……

人だけが
醜くからう
人も　死ね

「瞬間」の最終連に入って、その最終行、「人も　死ね」と同時に、純白の肉体がダーク・ブルーの床に倒れる、その瞬間、ブルーライトの円環、それに小さなライトというライトが、いっせいに消える。ぼくは死んだ。

吉原・山田コンビの熱演のおかげで、川崎洋さんとぼくは、海を主題にした短い詩を一分ずつ読んだだけ。この一分のために、ぼくは生れてはじめて沖縄の土が踏めたのだから、女流の両氏に、心から感謝しなければならない。したがって、その夜のカクテル・パーティーでは、両嬢の演出の見事さを、ぼくは絶讃した。あれだけ効果的な演出を計算して、打ち合せをしていたんだから、展示場を見て歩くひまはないわけだ。ぼくがウイスキーの酔いにまかせて、ペラペラまくしたてると、両嬢はキョトンとした顔をしている。

「いや、あれは、じつは電源室に雷が落ちたんですよ。ライトが消えたのは、まったくの事故なんです。演出じゃないんです」と若いプロデューサー。「へえー。それにしても凄みのある偶然だな、沖縄の雷さまは、きっと詩がわかるんだ」と川崎洋さん。

その翌朝は驟雨。やがて青空がひろがり、亜熱帯の太陽がかがやく。吉原さんと山田さんを誘って、水族館を見に行こう、ということになって、川崎さんが彼女たちの部屋へ行ったが、お二人とも、沖縄の雷さまにあたったせいか、二日酔で頭があがらないと言う。そこで、川崎さんと二人だけで、水族館に入った。「珊瑚の海」「黒潮の海」二メートル大のタカアシガニがハサミのついた手をあげて歓迎してくれる。

六千尾の熱帯魚が乱舞する「珊瑚の海」、八千尾の「黒潮の海」ではコトヒキダイ、フエフキダイ、サバ、タカサゴ、マグロ、カツオ、エイ、右まわりに旋回するアジの群泳、ときとして一匹だけ、流れにさからって、左まわりに泳いで行くのがいる――

「あれは、きっと詩人ですよ」と川崎さん。カツオの下にピッタリついて泳いでいるコバンザメ。

ぼくのひとり旅論

灰色の菫

順三郎先生に

67年の冬から
68年の初夏まで
ぼくは「ドナリー」でビールを飲んでいた
朝の九時からバーによりかかって
ドイツ名前のビールを飲んでいると
中年の婦人が乳母車を押しながら

店に入ってきて
ぼくとならんでビールを飲んだりしたものだ
アメリカン・フットボールのスコア・ボードが
花模様の壁にぶらさがっていて
腸詰がそのそばでゆらゆらしている
金文字で1939年創業と酒棚に入っている
この北米中西部の大学町なら
老舗《しにせ》のほうだ
1939年はW・H・オーデンが
ニューヨークの五十二番街で
「灰とエロス」のウイスキーを飲んでいた「時」だ
その「時」は燃えて燃えて燃えつきて
世界は灰になった

「ドナリー」の夜は
アメリカの髭の詩人や中国の亡命者たちと

ぼくはむやみに乾杯したものだ
世界が灰になったおかげで
ぼくらはもう生きた言葉を使わなくてもいい
経済用語と政治的言語とで
夜はたちまちすぎて行くのだから
詩と神さまは死んだふりをしていればいいのである

今年の春
ぼくは「ドナリー」にふらっと入って行った
ぼくにとっては三年ぶりだが
「ドナリー」のおやじにとってはつい昨日のことだ
髭の詩人や亡命者たちはもういないが
スコア・ボードだってブランクのままだ
勝者も負者もいないとは
いささか淋しいが
おやじの仏頂面はたのもしい

さて
ビールにはもうあきた
裏口からそっと出て行こうか
ギリシャの方へ
バッカスの血とニンフの新しい涙が混合されている
葡萄酒を飲みに
「灰色の菫」という居酒屋の方へ

（詩集「新年の手紙」）

＊

旅という言葉を聞くとたしかに人間にはいろんなイメージが浮かんでくる。旅するという、人間が選択する行動においてはいろいろな心を刺激するものがあります。たとえば、ぼくが若い時東京駅などへ行ったりなにかして、汽車に博多行だとか大阪行だとかいう行先を標示したサボが出ていますと、人を見送りに行きながら、自分もその汽車に飛び乗って行きたいな、という気が起るんです。ところが、このごろではみな新幹線になってしまって、窓から声はかけられない、駅弁も売れません。いちいち乗降口から首を出してやるよりしようがなくなってしまった。みんな〝カプセル〟になっちゃった。乗りものも、タイム・テーブルも、送りに行く人たちも。だからかえって友だちがどこかの国へ行く時に、羽田あたりへ下駄をはいて送りに行くと、ああ、飛行機に乗って行きたいなって感じますね。

では、ひとがなぜひとり旅をするか、ないしはしたいと思うかというと、二つの魅力があるからでしょう。

ひとつはいろいろな力がその旅をつくっているということを体験すること、だとぼくは思います。ぼくたちはいろいろな力によってこの地に生み出されて、いつかは死んでゆく。それは生物学的な原則だから、これに逆らうことは不可能なことです。よく若い人が両親に「なぜ、ぼくを生んだんだ。ぼくは生んでくれと一回も頼んだことがない」と、反撃するらしいけれども、そういう時、両親が黙っていてはいけない。両親自身だって選択してこの世に生れたわけではないのだから、何かの縁があってみんなで生れてきたんですから。「わたしだって、あんがい望んで生れてこなかったんだよ」と言えば、今度はその反撃がひいおじいさんにまでさかのぼっちゃう。ぼくも若い時、ときどきそう思いました。そば屋へ入ろうか、すし屋に入ろうか、呑み屋に入ろうかというように選択してこの世に生れてきた覚えはない。でも、生れてきた以上は、自分だけの力じゃ生きられっこないんだから。みんなの目に見えない力によって生かされてきた。だからひとりで旅するってことはみんなの力を感じることなんですよ。自分だけの旅なんてしれたもんです。自分でにぎり飯つくってどこかふらふら歩いてりゃいいんですよ、はっきり言うと。ぼくに言わせれば、ひとり旅のほんとの大きな価値は、自分がひとりで旅をしていくってことに対してどんなにいろいろな、さまざまな力がそのひとり旅を助けているかということを具体的に経験すること、そういうことだろうとぼくは解釈しています。

もう一つは、確かに今、新幹線とか飛行機とかの〝カプセル時代〟になったけれども、どんな乗りものに乗っても窓わくがあるんです。その窓わくで見た景色が大事なんです。窓わくがなかったら、まったくのっぺらぼうになっちゃう。ちょうど絵を見る時の額縁がその役目をしてるんです。だから窓にわくがなかったら風景が見えてこない。わくのおかげで風景が見えるんです。ぼくたちが絵を見る場合でも、映画を見る場合でも、テレビでも結構です。みんなわくがあるからこそ見えてくるんです。新若い人たちがとくに蒸気機関車の旧型の窓わくに固執するのも結構ですが、実は新幹線にだって窓わくがあるんです。もちろん外の風景は走っている時速によって変っていきますが、あれも窓わくがないとだめなんです。それから、ジェット旅客機から見た窓わく、国内線の小さなプロペラ機から見た窓わく、それが風景とか印象をとどめてくれるんです。

では、ひとりで生きている人間にとっての窓わくは何でしょうか。人間の眼です。人間の眼が窓わくなんです。この眼は魚の目や鳥の眼に比べりゃずいぶん劣りますが。眼自身が窓わくですから、ぼくたちはあるわくでものを見ていることになる。このわくによっていかされる人生なり世界なりを絶えず生きかえらせるような力をどこで持つかというと、まず頭脳だろうと思うのです。頭脳訓練やなにかはみなさん幼稚園から中学、高校まで全部やっているのだから、今さら月謝を返してくれといってもだめなんです。わくがないと自由ってものも生れません。

ぼくたちどんなにつっぱったって二百歳までは生きられない。これは〝人間の宿命〟というよりも〝生物学的な宿命〟です。人間の生物学的構造からいうと心臓とか肝臓などの器官だけは、百二十歳から二百歳までもつようにできている。しかし、たいがいそれまでにほかの病気でみんなとお別れするんです。人間っていうのは弱いものなんだから、お互いいろんな力を発揮しながら、協力しあっていくのが社会だとぼくは思っています。そのうちに、素晴しいべっぴんに会えるかもしれないし、すごいハンサムな青年に会えるかもしれない。そういう空しい期待を抱きながら生きてゆくのが人間の社会だと思うんです。それが旅なんです。

旅っていうのは別にかっこよく旅するんじゃない。人の力を認識するのが旅なんです。今のはやり言葉でいえば、他者、the other の力を確認するのがひとり旅の大きな魅力であって、自分ひとりだけでどうやって歩いていくんですか、退屈しちゃいますよ。自分ひとりで身のまわりのものを持ちながら歩いていくところに、人の力、人のなさけがわかるところにひとり旅の大きな魅力がある。

それから、たまたま乗ったローカル線とか、国鉄で赤字が出るような地方線の堅い椅子に坐って、その窓わくから見た風景というのは、やはりぼくにとっては他者の力なんです。風景でさえ、自分を生かしてくれる力だということがわかれば、ひとり旅っていうのは大きな魅力になるんじゃないかというふうに思いますが、どうでしょう。

あとがきにかえて

ぼくは、誕生日を海外で三度祝ってもらったことがある。

一九六八年の三月は、アイオワ州立大学の国際創作科の創設者ポール・エングル教授。このときは、アパートでぼんやりしていたら、エングル先生がとびこんできて、無理矢理に車に乗せられ、アイオワ・シティの郊外の農家につれこまれた。「今夜は、ミスター・タムラの誕生日のお祝いをする」というお告げ。ぼく自身、誕生日のことなんか忘れていたから、びっくりした。

農家と云っても飛行機で種子をまくスケールの大きさだから、シャトーである。セザンヌのほんものまで、壁にかかっている。大学関係者がほぼ百人。キャンドル・サーヴィス。酒はアーリー・タイムズ。ぼく、四十五歳。若かったなァ！

一九七一年はニューヨークの化石的ホテル。谷川俊太郎、アイオワから飛んできた吉増剛造、ダブリン帰りのジョイス狂の大沢正佳など、ホテルのツイン・ルームで、乾杯を受ける。酒はジャック・ダニエル。

一九七五年は、インド最大の聖地、ベナレスの一夜。「フランスの赤がなくて残念ですが、インドのドメスティック・ワインで乾杯しましょう」と若き友。

ベナレスの一流ホテルで、フランスものやドイツものがないのに、ぼくはびっくりした。インド南部のマドラスやケララ州のホテルには、ヨーロッパものがそろっていたのに。しかし、酒は、その土地の文化の結晶なのだから、むしろ、よろこばなければならない。ぼくらは土の香りのするインド・ワイン（酸味の強いゴルコンダ）、ムガール料理、ムルグというロースト・チキンに、ベンガル湾の魚、ビリアニという羊の肉とナッツの香料入りのライスを食べて、その夜は、夢も見ないで眠ってしまった。

ぼくが子どものころは、ワインといったら赤玉ポートワインくらいで、その赤玉ポートワインの広告が、三階建てのビルの壁面いっぱいに出ていたときは仰天したというよりも、なつかしさが先にたった。

二十年くらいまえのロスのリトル・トーキョーの宿屋で、日系の一世が長滞在していた。一ドル三百六十円時代のときで、その町に一歩足をふみ入れると、戦前の日本の世界なのである。まるでタイム・スリップした感じ。それゆえに赤玉ポートワインが光りかがやくのだ。最近のリトル・トーキョーも、すっかり様がわりしてしまったそうだから、赤玉ポートワインのかわりに、バーボンウイスキーの広告がはばをきかしているかもしれない。日系一世の老人たちがこの世を去るとともに、赤玉ポートワインの広告も姿を消すだろう。いまや、日系三世の時代である。その宿の隣に寿司屋があって、入口に金文字で「羅府料飲組合」という金文字の看板がぶらさがっていたっけ。

日系一世の老婦人に道をたずねると、戦前の日本語で、ゆったりとした物腰、そして親切に教えてくださるのだ。昼間など、小路を歩いていると、三味線の音《ね》まで聞こえてくる。「羅府タイムズ」という新聞の活字は、号活字、ポイント活字ではない。それに、旧漢字、旧仮名、漢字にはルビまでついている。戦前の日本に会いたかったら、ロサンジェルス（羅府）のリトル・トーキョーに行ってみるがいい。今川焼もありますよ。しかし、三世の時代になったいま、ぜひ、リトル・トーキョーのリポートを見たい、読みたい。ぼくが二夜をすごした羅府のリトル・トーキョーは、まさに「てふてふ」（蝶）の世界だった。

地上の旅以外にも、内面の旅がある。それを「遊」と云う。書物との出会い、知らないことを学ぶ。たとえば、戦前では「学に遊ぶ」と云った。留学とは云わないで「遊学」。遊そのものに、旅という意味がある。

藤沢には、「遊行寺」というお寺まである。だから、紳士、淑女にもの申す。「よく遊び、よく遊べ！」と。

一九九一年九月吉日

隆一敬白

解説

長谷川郁夫

詩人とは、いったいどんな人種なのだろうか。たんに詩を書く、あるいは詩集を何冊か出版しているというだけでは詩人とは呼べない、との偏固たる思いがわたしにはある。現実ばなれした奇人、空想家を詩人と称することがあるが、これは蔑称または敬遠の辞だろう。わたしが信頼する文藝評論家・高橋英夫氏は、あるエッセイのなかに「詩を『書く』人だけが詩人なのではなく、詩を『読む』『味わう』『嘆賞する』人も、詩について『考える』人も、言葉の広く深い意味においては詩人である」との考えを記していたが、なるほどと理解はしても、これは書斎のなかで通用する思考でしかない。わたしもまた、ときに詩を「読む」人間ではあるが、現実生活において自らが詩人であるとは到底実感できない。

読者とは身勝手なものだ。詩人であれば、チビた鉛筆一本で生きるべきだ、小説を書くな、貧乏であるのが望ましい（とは、自恃のこころを貫いてほしいということだ）などと、詩人であるための条件をいくつも数えあげるのである。詩人、といえば遺伝子のなかに西行や芭蕉のイメージが濃厚に刷り込まれているからかも知れない。そう固く考えるなら、「若菜集」から数えておよそ百二十年、わが国の近代詩の歴史において、「詩人」といえる存在は二十にも満たないものとなる。

と、ながなが前置きを記したのは、わが田村隆一（以下、田村さんと記したい）が正真正銘の詩人、数少ない存在のひとりであることを強調しておきたかったからだ。長身痩軀、たかい鼻の横顔が懐かしい。パジャマの上にコートを羽織って酔歩《すいほ》蹣跚《まんさん》、ズックで鎌倉の夜を行く姿もなかなか風格のあるものだった。

では、自らが自らを堂々と「詩人」であると名乗るのはどんな事態なのか。当人が厚顔無恥な輩ではないとして、である。田村さんは詩を書く人間が詩人となる契機を知っていた。金子光晴にまなんだ、といえるのである。田村さんは記す。「こがね虫」（大正十二年）の詩人・金子光晴は若き日、ボードレールほかフランス象徴主義詩人から深甚な影響を浴びたが、「それからわずか五年ののち」という。

……昭和三年、詩人三十二歳のときに、「おれは詩人をすてちやつたんだ」、つまり、フランス象徴派の詩がピンと来なくなったことによって、詩人は、「詩」と「詩人」から訣別するのである。

田村さんは本文千二百頁を超える「定本金子光晴全詩集」（昭和四十二年刊）を手にしている。「詩人の『跋』の言葉を手がかりにすると」とある。「コケの一心と言ひたいが、僕のこの文学は、弱年の折には、それをいのちとおもひつめた時代」は昭和二年まで。「こがね虫」のほかに「大腐爛頌」「水の流浪」「鱶沈む」がある。

……「中年からは才能に見きりをつけ」たものに、光晴の詩的世界の核というべきもっとも重要な詩集「鮫」、そして、太平洋戦争下に書かれ、戦後になって初めて公刊された「落下傘」「鬼の児の唄」「蛾」の三詩集、そして二回目の海外放浪生活のうちに、詩稿となっていって、これもまた、戦後刊行された「老薔薇園」「女たちのエレジー」の二詩集。（傍点・引用者）

そして、「晩年に及んでは道楽しごとになつてしまつた」と金子光晴は自嘲するが、最期の時まで旺盛な詩活動はつづけられた。このいささか諧謔的な回想に、田村さんはふかい共感を寄せたことと考えられる。若き日の田村さんが詩誌「荒地」の創刊メンバーであり、「四千の日と夜」「言葉のない世界」の垂直性の詩人として、戦後詩をリードする立場にあったことを思う。

詩は精神と肉体の複合物だ。イデオロギーや思想の容器ではない。遊べ、遊べ、言葉と遊べ。遊び方だって上手になるはずだ。遊んでいるうちに、言葉に光をあたえ、また普段使っている言葉から光をひき出すコツが分ってくる。そして、その光が交差する瞬間、人間をふくめた諸生物の生命賛歌が生れてくるはずだ。

（「土人の唄」）

これを、詩における真の思想という。

田村さんの言葉である。

詩人は脱皮を繰り返す。田村さんの最初の脱皮は、昭和四十二年十二月から翌年四月まで、アイオワ州立大学のインターナショナル・ライティング・プログラムに客員詩人として招かれ、渡米したことによる。詩人は四十四歳。以後、「新年の手紙」「死語」「誤解」と、陽性の詩集の出版がつづく。その後、四十六年の十一月に鎌倉の住人となる。東京での放浪生活の転々に別れを告げたところに、二回目の脱皮が確認できるかも知れない。

＊

詩人は旅をする。

旅は、詩人を文章家として成長させる。

脱皮後の詩人の旅は、昭和四十八年五月の隠岐行きにはじまる。旅行雑誌「旅」の企画による。記事は七月号に掲載された（特集・島の宿。原題は「隠岐島周遊記」）。十月にも「旅」の企画でインドへの二週間の旅。つづいて四十九年四月からは季刊誌「別冊小説新潮」の依頼で「四つの思い出の土地を訪ねる『旅』」として、若狭、伊那、北海道、鹿児島を廻る。折りからの旅行ブームに便乗したのだ、ともいえるだろう。

詩人は早くも旅をめぐる「言葉から光をひき出すコツ」を摑んだ様子である。隠岐の紀行が丸谷才一の「文章読本」に取り上げられたことを覚えている。河出書房版の六巻本「全集」を編集した際、最終巻に附した「解説」のなかに、わたしはこう記していた。

「若い荒地」（昭和四十三年）から未刊の「モダン亭日乗」に至るまでエッセイ集の数十種を超えるが、どのエッセイ、書き飛ばしたような雑文においてさえ詩人の神経のはたらきが感得され、そこに田村隆一はいた。江戸っ子らしいテンポのよさは勘どころを押さえた巧みな話術のようで、言葉のペテン師かと疑われるほどに魅力的だったと記して、

……丸谷才一氏は「文章読本」（昭和五十二年）に紀行「隠岐」の一節を取りあげ、文章上の谷崎潤一郎や三島由紀夫の訓えを踏みにじった掟破りの饒舌調、奔放を極める粗略な作法、最新語の洪水に呆れながら、「しかも奇妙なことにここにあるのはまさしく名文で（もし何なら『陰翳礼讃』と並ぶくらゐの、と附け加へてもいい）、品格もすこぶる高いのである。低俗な感じ、下品な印象をいささかも与へないのはもちろん、高妙絶俗の趣があると言つても過褒にはならないだらう」と評した。氏は、詩人の「言葉、言葉、言葉の取合せの才能」に着目して、「藝の極意がある」のを認めたのだった。

と結んでいた。

じつは、少々演技過剰じゃないか、田村さん、と半畳を入れたかったのだが、（――

実際、紀行のなかの田村さんは酒飲みの本性はまる出しではあっても、どこか紳士的にすぎる印象なのだ）、丸谷氏が品よく「藝の極意」という語を用いているので重複を避けたかったのだった。以後、「旅」などの企画による紀行には案内人や道連れがいる。その相棒とのやり取りが文中に風通しのよい隙間をつくっていて、読者の旅行気分を盛りあげてくれる。そしてなにより、風と光が詩人の感性のだいじな栄養素であることが感得される。なるほど「藝」であり、「極意」といえる。

＊

紀行作家・田村さんの脳裡には、「阿房列車」の内田百閒と「舌鼓ところどころ」の吉田健一の二人の存在があったことに疑いはない。三人をつなぐキーワードは、まずユーモア。そして、酒である。造り酒屋の一人息子だった百鬼園先生はシャンパンに夢中になった時期もあり、吉田さんには食前酒のこだわりがあった。わが田村さんは金色の液体・ウィスキーを好んだが、三人とも窮極の味覚は辛口の日本酒。日本の酒文化の粋への深甚たる敬意を抱いていた。汽車は鈍行、あるいは食堂車つきの特急列車。酒とともに過ごす時間の流れが貴いのである。さらに、田村さんには先輩文士二人のレトロな感覚も尊重すべきものだった。そして、文明論の香辛料。三人がそれぞれに戦中・戦後のきびしい現実と対峙したことを思う。

語はどのように甘美でデリケートな抒情語であろうと、それが真の詩であるならば、いかなる最悪の事態に直面してもユーモアの感覚を失わない、文明人のメッセージでなければならない。

とは、若き日の田村さんの言葉だが、詩人はこの戒律を晩年に至るまで、まもりつづけたのである。余技のようにも見える紀行の依頼原稿の中においても。

田村さんの旅行のひそかな目的が、夕陽を見ることにあったのは、読者の目に明らかだろう。演技過剰、といったが、詩人が再訪の地に選んだのが昭和二十年、二十二歳の夏を過ごした若狭の地であり、戦時の追懐につながる鹿児島であったことを思えば、夕陽に染まる素顔の一面が行間に浮かぶのを確認することができるかも知れない。その夏が「ぼくにとって、この世における、もっともさわやかな季節であった」などと記されているのだが——。

（はせがわ・いくお　評論家）

初出一覧

隠岐　「旅」一九七三年七月号（特集：島の宿）／隠岐島周遊記
若狭　「別冊小説新潮」一九七四年夏季号（七月）／水を飲みに――ぼくの感情旅行・若狭
伊那　「別冊小説新潮」一九七四年秋季号（十月）／白い鼻緒――ぼくの感情旅行・伊那
北海道　「別冊小説新潮」一九七五年冬季号（一月）／北の青―森と鯨と湖の祭り――ぼくの感情旅行・北海道　＊初収録
奥津　「旅」一九七五年三月号（特集：心やすまる温泉）／奥津温泉雪見酒
鹿児島　「別冊小説新潮」一九七五年春季号（四月）／南の雪――ぼくの感情旅行・鹿児島
越前　「文藝春秋デラックス」一九七六年二月号（世界の味　日本の味）／越前ガニを食いに行く
越後　「旅」一九七六年二月号（特集：地酒と肴）／「酒と女は新潟にかぎる」という話
佐久　「旅」一九七八年九月号（特集：信州の秋・二泊三日）／佐久の空――小海線感傷紀行
東京　「文藝春秋デラックス」一九七六年九月号（ふるさとの祭り）／ぼくの「三社祭」酩酊記
京都　「朝日ジャーナル」一九七五年二月一四日号／庭について（詩人のノート）
沖縄　「朝日ジャーナル」一九七五年八月二二日号／海と人間（詩人のノート）
ぼくのひとり旅論　「旅」一九七八年四月号（特集：ひとり旅）

編集付記

一、『詩人の旅』は一九八一年十月にPHP研究所より単行本が、一九九一年九月に中公文庫版が刊行された。

一、本書は中公文庫版を底本とし、「北海道」を増補したものである。増補新版にあたり、配列の一部を発表年代順にし、地図を一点加えた。

一、底本中、明らかな誤植と考えられる箇所は訂正し、固有名詞の一部に新たにルビを付した。

一、本文中、今日の人権意識に照らして不適切な語句や表現が見受けられるが、著者が故人であること、執筆当時の時代背景と作品の文化的価値を考慮して、底本のままとした。

中公文庫

詩人《しじん》の旅《たび》
——増補新版《ぞうほしんぱん》

2019年10月25日　初版発行

著　者　田《た》村《むら》隆一《りゅういち》

発行者　松田陽三

発行所　中央公論新社
〒100-8152　東京都千代田区大手町1-7-1
電話　販売 03-5299-1730　編集 03-5299-1890
URL http://www.chuko.co.jp/

DTP　嵐下英治
印　刷　三晃印刷
製　本　小泉製本

Published by CHUOKORON-SHINSHA, INC.
Printed in Japan　ISBN978-4-12-206790-5 C1195

中公文庫既刊より

各書目の下段の数字はISBNコードです。978-4-12が省略してあります。

ケ-1-4
ファウスト 悲劇第一部
ゲーテ
手塚富雄 訳
あらゆる知的探究も内心の欲求を満たさないと絶望したファウストは、悪魔メフィストフェレスと魂をかけた契約を結ぶ。〈巻末エッセイ〉河盛好蔵・福田宏年
206741-7

ケ-1-5
ファウスト 悲劇第二部
ゲーテ
手塚富雄 訳
巨匠ゲーテが言葉の深長な象徴力を駆使しつつ自然と人生の深奥に迫った大作を、翻訳史上画期的な名訳で贈る。読売文学賞受賞作。〈巻末エッセイ〉中村光夫
206742-4

ニ-2-3
ツァラトゥストラ
ニーチェ
手塚富雄 訳
近代の思想と文学に強烈な衝撃を与え、今日なお予言と謎に満ちたニーチェの主著を格調高い訳文と懇切な訳注で贈る。〈巻末対談〉三島由紀夫・手塚富雄
206593-2

ハ-2-2
パンセ
パスカル
前田陽一
由木康 訳
時代を超えて現代人の生き方に迫る、鮮烈な人間探究の記録。パスカル研究の最高権威による全訳。年譜、索引付き。〈巻末エッセイ〉小林秀雄
206621-2

フ-4-2
精神分析学入門
フロイト
懸田克躬 訳
近代の人間観に一大変革をもたらした精神分析学の全体系とその真髄を、フロイトみずからがわかりやすく詳述した代表的著作。〈巻末エッセイ〉柄谷行人
206720-2

ホ-1-5
中世の秋（上）
ホイジンガ
堀越孝一 訳
二十世紀最高の歴史家が、フランスとネーデルラントにおける実証的調査から、中世人の意識と中世文化の生活と思考の全像を精細に描いた不朽の名著。
206666-3

ホ-1-6
中世の秋（下）
ホイジンガ
堀越孝一 訳
歴史家ホイジンガが十四、五世紀をルネサンスの告知とはみず、すでに過ぎ去ったものが死滅する時季と捉え取り組んだ、ヨーロッパ中世に関する画期的研究書。
206667-0

ホ-1-7
ホモ・ルーデンス
ホイジンガ
高橋英夫 訳
人間は遊ぶ存在である――人間のもろもろのはたらき、生活行為の本質は、人間存在の根源的な様態は何か、との問いに対するホイジンガの結論が本書にある。
206685-4

マ-15-1
五つの証言
トーマス・マン
渡辺一夫
第二次大戦前夜、戦闘的ユマニスムの必要を説いたマンへの共感から生まれた渡辺による渾身の訳業。寛容論ほか渡辺の代表エッセイを併録。〈解説〉山城むつみ
206445-4

ウ-9-1
政治の本質
マックス・ヴェーバー
カール・シュミット
清水幾太郎 訳
ヴェーバー「職業としての政治」とシュミット「政治的なるものの概念」。この二十世紀政治学の正典を合わせた歴史的な訳書。巻末に清水の関連論考を付す。
206470-6

ウ-10-1
精神の政治学
ポール・ヴァレリー
吉田健一 訳
表題作ほか「知性に就て」「地中海の感興」「レオナルドと哲学者達」の全四篇を収める。巻末に吉田健一の単行本未収録エッセイを併録。〈解説〉四方田犬彦
206505-5

ア-9-1
わが思索のあと
アラン
森有正 訳
『幸福論』で知られるフランスの哲学者は、いかにその健全な精神を形成したのか。円熟期に綴られた稀有な思想的自伝全34章。〈解説〉長谷川宏
206547-5

ホ-3-2
ポー名作集
E・A・ポー
丸谷才一 訳
理性と夢幻、不安と狂気が綾なす美の世界――短篇の名手ポーの代表的傑作「モルグ街の殺人」「黄金虫」「黒猫」「アシャー館の崩壊」全八篇を格調高い丸谷訳でおさめる。
205347-2

う-9-4
御馳走帖
内田百閒《ひゃっけん》
朝はミルク、昼はもり蕎麦、夜は山海の珍味に舌鼓をうつ百閒先生の、窮乏時代から知友との会食まで食味の楽しみを綴った名随筆。〈解説〉平山三郎
202693-3

う-9-5
ノラや
内田百閒
ある日行方知れずになった野良猫の子ノラと居つきながらも病死したクルツ。二匹の愛猫にまつわる愛情と機知とに満ちた連作14篇。〈解説〉平山三郎
202784-8

各書目の下段の数字はISBNコードです。978－4－12が省略してあります。

う-9-6
一病息災
内田百閒
持病の発作に恐々としつつも医者の目を盗み麦酒をがぶがぶ……。ご存知百閒先生が、已の病、身体、健康について飄々と綴った随筆を集成したアンソロジー。
204220-9

う-9-7
東京焼盡《しょうじん》
内田百閒
空襲に明け暮れる太平洋戦争末期の日々を、文学の目と現実の目をないまぜつつ綴る日録。詩精神あふれる稀有の東京空襲体験記。
204340-4

う-9-10
阿呆の鳥飼
内田百閒
鶯の鳴き方が悪いと気に病み、漱石山房に文鳥を連れて行く……。『ノラや』の著者が小動物たちとの暮らしを綴る掌篇集。〈解説〉角田光代
206258-0

う-9-11
大貧帳
内田百閒
お金はなくても腹の底はいつも福福である——質屋、借金、原稿料……飄然としたなかに笑いが滲みでる。百鬼園先生独特の諧謔に彩られた貧乏美学エッセイ。
206469-0

う-9-12
百鬼園戦後日記Ⅰ
内田百閒
『東京焼盡』の翌日、昭和二十年八月二十二日から二十一年十二月三十一日までを収録。掘立て小屋の暮しを飄然と綴る。〈巻末エッセイ〉谷中安規（全三巻）
206677-9

う-9-13
百鬼園戦後日記Ⅱ
内田百閒
念願の新居完成。焼き出されて以来、三年にわたる小屋暮しは終わる。昭和二十二年一月一日から二十三年五月三十一日までを収録。〈巻末エッセイ〉高原四郎
206691-5

う-9-14
百鬼園戦後日記Ⅲ
内田百閒
自宅へ客を招き九晩かけて還暦を祝う。昭和二十三年六月一日から二十四年十二月三十一日まで。索引付。〈巻末エッセイ〉平山三郎・中村武志〈解説〉佐伯泰英
206704-2

ひ-37-1
実歴阿房列車先生
平山三郎
阿房列車の同行者〈ヒマラヤ山系〉にして国鉄職員だった著者が内田百閒の旅と日常を綴った好エッセイ。人物像を伝えるエピソード満載。〈解説〉酒井順子
206639-7

せ-9-1
寝台急行「昭和」行
関川夏央
寝台列車やローカル線、路面電車に揺られ、懐かしい場所、過ぎ去ったあの頃へ。昭和の残照に思いを馳せ、含羞を帯びつつ鉄道趣味を語る、大人の時間旅行。
206207-8

せ-9-2
汽車旅放浪記
関川夏央
『坊っちゃん』『雪国』『点と線』……。近代文学の舞台となった路線に乗り、名シーンを追体験する。鉄道と文学の魅惑の関係をさぐる、時間旅行エッセイ。
206305-1

よ-15-9
吉本隆明 江藤淳 全対話
吉本隆明
江藤淳
二大批評家による四半世紀にわたる全対話を収める。『文学と非文学の倫理』に吉本のインタビューを増補し改題した決定版。〈解説対談〉内田樹・高橋源一郎
206367-9

よ-15-10
親鸞の言葉
吉本隆明
名著『最後の親鸞』の著者による現代語訳で知る親鸞思想の核心。鮎川信夫、佐藤正英、中沢新一との対談を収録。文庫オリジナル。〈巻末エッセイ〉梅原猛
206683-0

え-3-2
戦後と私・神話の克服
江藤淳
癒えることのない敗戦による喪失感を綴った表題作ほか「小林秀雄と私」など一連の「私」随想と代表的な文学論を収めるオリジナル作品集。〈解説〉平山周吉
206732-5

よ-5-9
わが人生処方
吉田健一
独特の人生観を綴った洒脱な文章から名篇「余生の文学」まで。大人の風格漂う人生と読書をめぐる随想集。吉田暁子・松浦寿輝対談を併録。文庫オリジナル。
206421-8

よ-5-12
父のこと
吉田健一
ワンマン宰相はワンマン親爺だったのか。長男である著者の吉田茂に関する全エッセイと父子対談「大磯清談」を併せた待望の一冊。吉田茂没後50年記念出版。
206453-9

よ-5-11
酒談義
吉田健一
少しばかり飲むというの程つまらないことはない――。飲み方から各種酒の味、思い出の酒場まで、ユーモラスに綴る究極の酒エッセイ集。文庫オリジナル。
206397-6

各書目の下段の数字はISBNコードです。978-4-12が省略してあります。

よ-5-10
舌鼓ところどころ／私の食物誌
吉田健一
グルマン吉田健一の名を広く知らしめた「舌鼓ところどころ」、全国各地の旨いものを紹介する「私の食物誌」。著者の二大食味随筆を一冊にした待望の決定版。
206409-6

よ-5-8
汽車旅の酒
吉田健一
旅をこよなく愛する文士が美酒と美食を求めて、金沢へ、そして各地へ。ユーモアに満ち、ダンディズムが光る汽車旅エッセイを初集成。〈解説〉長谷川郁夫
206080-7

い-38-5
七つの街道
井伏鱒二
篠山街道、久慈街道……。古き時代の面影を残す街道を歩いて、史実や文献を辿りつつ、その今昔を風趣豊かに描いた紀行文集。〈巻末エッセイ〉三浦哲郎
206648-9

な-73-1
麻《あざ》布《ぶ》襍《ざっ》記《き》 附・自選荷風百句
永井荷風
東京・麻布の偏奇館で執筆した小説「雨瀟瀟」「雪解」、随筆「花火」「偏奇館漫録」等を収める抒情的散文集。初の文庫化。〈巻末エッセイ〉須賀敦子
206615-1

な-73-2
葛飾土産
永井荷風
石川淳が「戦後はただこの一篇」と評した表題作ほか、短篇・戯曲・随筆を収めた戦後最初の作品集。久保田万太郎の同名戯曲、石川淳「敗荷落日」を併録。
206715-8

く-2-2
浅草風土記
久保田万太郎
横町から横町へ、露地から露地へ。「雷門以北」「浅草の喰べもの」ほか、生粋の江戸っ子文人による詩趣豊かな浅草案内。〈巻末エッセイ〉戌井昭人
206433-1

い-126-1
俳人風狂列伝
石川桂郎
種田山頭火、尾崎放哉、高橋鏡太郎、西東三鬼……。破滅型、漂泊型の十一名の俳人たちの強烈な個性と凄まじい生きざまと文学を描く。読売文学賞受賞作。
206478-2

エ-6-1
荒地／文化の定義のための覚書
T・S・エリオット
深瀬基寛 訳
第一次大戦後のヨーロッパの精神的混迷を背景とした長篇詩「荒地」と鋭利な文化論を合わせた決定版。巻末に深瀬基寛による概説を併録。〈解説〉阿部公彦
206578-9